BIBLIOTHÈQUE
CHRÉTIENNE ET MORALE
APPROUVÉE
PAR MONSEIGNEUR L'ÉVÊQUE DE LIMOGES

—

In-8º ᵐᵉ Série.

Tout exemplaire qui ne sera pas revêtu de ma griffe sera réputé contrefait et poursuivi conformément aux lois.

Ch. Barbier

JULES ET THÉRÈSE.

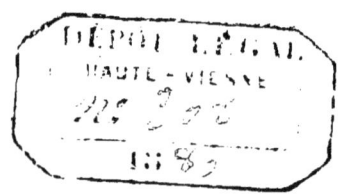

JULES ET THÉRÈSE

OU

LES LEÇONS D'UN PÈRE A SES ENFANTS

PAR

LE CHEVALIER REGLEY.

LIMOGES

ANCIENNE MAISON BARBOU FRÈRES

Ch. BARBOU, IMPRIMEUR-LIBRAIRE,

Avenue du Crucifix.

JULES ET THÉRÈSE.

———

L'histoire des oiseaux est, sans contredit, celle qui mérite le plus l'attention de la jeunesse. Ces petits êtres ailés qui fendent l'air, et que Dieu a créés de telle sorte que leur organisation les rend propres à vivre au milieu des trois éléments, l'air, l'eau et la terre, sur laquelle ils marchent aussi bien que tous les autres animaux, inspirent aux jeunes gens studieux un profond sentiment de respect et d'admiration envers la Divinité, qui les a pourvus de tous les dons nécessaires pour défendre leur chétive existence. Aussi est-ce avec l'espoir que notre petit Abrégé de l'histoire de cette intéressante partie des créatures de Dieu sera favorablement accueilli par nos jeunes lecteurs, que nous nous proposons de traiter particulièrement dans ce volume l'histoire des oiseaux les plus connus, en passant rapidement en revue l'organisation particulière de toutes les espèces.

Nous n'avons qu'un seul but, celui de préparer la jeunesse studieuse qui voudrait pénétrer plus avant dans ces recherches savantes que la vie des plus illustres écrivains a suffi à peine à explorer : nous voulons seulement, disons-nous, mettre les jeunes gens à même de lire avec plus de fruit les grands ouvrages qui traitent de ces sujets si intéressants, et faire sentir à la jeunesse, pour laquelle nous avons préparé ces leçons, avec quelle respectueuse admiration elle doit reconnaître la puissance de la Divinité dans chacune de ces merveilleuses créatures.

Un bon père, préoccupé de l'éducation de ses enfants, va leur donner des leçons particulières sur l'histoire des oiseaux C'est peut-être une méthode un peu usée que ces conversations familières ; mais chacun reconnaît que c'est la meilleure : elle coupe les discours trop longs, repose l'esprit et captive l'attention des enfants, auxquels nous nous adressons plus particulièrement.

Nous espérons que nos jeunes lecteurs suivront avec intérêt cette lecture abrégée des oiseaux, et qu'ils profiteront des leçons que M. de Luçon va donner à Jules et à Thérèse.

Dès le matin, Jules et Thérèse s'empressèrent d'aller embrasser M. de Luçon, et de lui demander l'histoire des oiseaux qu'il leur avait promise la veille:

M. DE LUÇON.

Votre empressement à venir m'entendre, mes chers enfants, me fait le plus grand plaisir. Je ne doute pas de l'attention que vous allez donner à la description de ces petits êtres si intéressants.

JULES.

Nous t'écoutons, mon cher papa ; tu ne saurais croire combien il nous tarde de connaître ces petits oiseaux que nous aimons tant.

M. DE LUÇON.

Il y en a de petits et de grands· parlons d'abord de leur anatomie particulière.

Les oiseaux sont, comme on le sait, des animaux vertébrés ovipares, c'est-à-dire qui viennent d'un œuf, couverts de plumes et respirant par des poumons. Ils sont, en général, organisés pour le vol, quelques-uns cependant, comme l'autruche, ne font que marcher ; d'autres volent et nagent également bien. La plupart marchent ou plutôt sautillent, en s'aidant aussi de leurs ailes ; il en est certains qui, comme les manchots, nagent très-bien, mais ne volent point et peuvent à peine marcher. Parmi ceux qui volent le mieux, quelques-uns, comme les martinets, ont les pieds si courts qu'ils marchent très-mal, et prennent difficilement leur essor quand ils se sont arrêtés sur un terrain plat.

Leur squelette n'a pas un nombre déterminé et invariable de vertèbres : le cou en a généralement plus que le tronc : dans le moineau (fringilla domestica) on en compte neuf au cou ; c'est le plus petit nombre que l'on trouve. Il y en a jusqu'à vingt-trois dans le cou du signe. Par la nature des facettes articulaires des vertèbres, le cou ne peut se plier qu'en S ;

et c'est en rapprochant plus ou moins les courbures que l'oiseau le raccourcit ou l'allonge.

La voix des oiseaux est, en général, très-forte, mais elle n'est pas toujours développée dans toutes les saisons de l'année ; dans la plupart des espèces, elle ne brille de tout son éclat qu'au moment où ils font leurs nids, et l'oiseau cesse de chanter lorsque ses petits sont éclos. La voix des femelles est moins forte que celle du mâle, et le chant proprement dit paraît être interdit à la plupart d'entre elles.

Tous les oiseaux sont ovipares ; ceux dont les petits peuvent marcher et se nourrir en sortant de l'œuf, comme les poulets, les perdreaux, etc., ne vivent point ordinairement par paires. Leur mâle a plusieurs femelles, et celles-ci sont chargées de l'éducation de la famille.

Mais dans la plupart des espèces, les petits naissants sont faibles et aveugles ; les parents pourvoient alors à leur subsistance : les uns, comme les pigeons, dégorgent dans leur bec des graines à moitié digérées ; le plus grand nombre, comme les fauvettes, leur portent des larves d'insectes, des grillons, ou des partis d'autres petits animaux. Tous ceux-ci vivent par paires. Tout le monde connaît l'industrie variée que les oiseaux mettent à la construction de leurs nids .

THÉRÈSE.

Oh ! c'est bien vrai, cela : nous avons trouvé l'autre jour un nid composé de petits brins d'herbes, de crins de cheval, de poils de vache, et dans lequel il se trouvait des bouts de fil de diverses couleurs. Quelle patience il faut à ces pauvres petits animaux pour trouver tous ces objets et les arranger avec tant de symétrie !

M. DE LUÇON.

C'est, en effet, admirable ; et les petits enfants qui dénichent les nids et les détruisent sont bien coupables ou bien sots. Quand l'éducation des petits est achevée, il est des espèces qui continuent d'habiter le même séjour ; d'autres, au contraire, vont chercher des climats plus doux, où elles passent la saison rigoureuse : ainsi les oiseaux insectivores, qui se nourrissent d'insectes, quittent de bon heure les climats tempérés pour se porter vers le Midi, tandis que l'on voit arriver dans nos contrées des bandes d'oiseaux palmipèdes, ayant des membranes entre les doigts, qui ont été faire leur ponte, pendant l'été, dans la zone glaciale. Ces voyages périodiques constituent ce que l'on appelle les migrations des oiseaux voyageurs. Comme les autres, ils n'ont, chaque année, qu'une époque pour se reproduire, et quand ils quittent un pays, après y avoir fait leurs petits, ils en partent, jeunes et vieux, et y reviennent sans avoir fait de pontes dans les climats où ils ont émigré.

Nous allons séparer les oiseaux en ordres en commençant par les plus importants et les plus gros. La classe des oiseaux se divise en six ordres : les oiseaux de proie, les passereaux, les grimpeurs, les gallinacés, les échassiers, les palmipèdes ou nageurs.

Les oiseaux de proie ont le bec crochu, à pointe aiguë et

recourbée vers le bout ; les narines sont percées dans une membrane appelée cire, qui revêt toute la base du bec ; leurs jambes sont totalement couvertes de plumes, les tarses rarement alongés, tantôt nus, tantôt emplumés en tout et en partie ; ils ont tous quatre doigts, dont trois sont dirigés en avant, et le quatrième (le pouce) se porte tout-à-fait en arrière ; les deux externes sont réunis à la base, dans le plus grand nombre, par une petite palmure. Tous sont armés de serres ou ongles vigoureux, mobiles, aigus, pointus ou émoussés ; l'ongle du pouce et celui du doigt interne sont les plus forts. La plupart ont le vol puissant ; ils vivent de chair, et font leur proie des autres oiseaux, ou même des quadrupèdes faibles et des reptiles ; quelques-uns même, des poissons. Ils ne se réunissent presque jamais en troupes, mais ils vivent, en général, par paires. Comme tous deux sont en état de se pourvoir, et qu'ils peuvent même s'aider à la guerre qu'ils font aux autres animaux, ils ne se quittent guère et ne se séparent pas même après l'époque de la ponte. On trouve presque toujours une paire de ces oiseaux dans le même lieu, mais presque jamais on ne les voit s'attrouper, ni même se réunir en famille ; et ceux qui, comme les aigles, sont les plus grands, et ont, par cette raison, besoin de plus de subsistance, ne souffrent pas même que leurs petits, devenus leurs rivaux , viennent occuper les lieux voisins de ceux qu'ils habitent. Ils sont, en général, moins féconds que les autres oiseaux, et ne pondent, pour la plupart qu'un petit nombre d'œufs. Ils se divisent en deux familles.

Leurs yeux sont placés sur les côtés de la tête, organisés de manière à ne bien voir qu'au grand jour ; leur plumage est serré, leur vol très-puissant, leur armure redoutable ; ils ont l'estomac presque entièrement membraneux et les intestins peu étendus. Tous ces oiseaux sont remarquables pour cette singularité, que les mâles sont d'environ un tiers moins grands et moins forts que les femelles. C'est par cette raison que l'on donne aux mâles de toutes ces espèces le nom de tiercelets. On en fait deux tribus, celle des vautours et celle des faucons.

Ils ont les yeux à fleur de tête, les tarses réticulés, c'est-à-dire couverts de petites écailles, le bec alongé , recourbé au bout, avec une partie plus ou moins considérable de la tête, ou même du cou, dénuée de plumes et revêtue d'un duvet court et peu serré, ou garnie de caroncules (excroissances charnues.) La force de leurs serres ne répond pas à la taille de l'animal, et ils se servent plutôt de leur bec que de leurs griffes ; leurs ailes sont si longues qu'en marchant ils les tiennent à demi-étendues. Leur port est incliné, à demi horizontal, ce qui suffit pour les distinguer de l'aigle au premier coup-d'œil. Leur vol est pesant, et ils prennent difficilement leur essor. Ce sont les seuls oiseaux de proie qui vivent en troupes. Ils ont peu de courage, et se nourrissent de charognes plutôt que de proie vivante ; leur vue perçante et leur odorat très-subtil leur font reconnaître au loin la présence des cadavres. Quand ils ont mangé, leur jabot forme une grosse saillie au-dessus de leur fourchette ; il coule de leurs narines une humeur fétide, et ils sont presque réduits à une sorte de stupidité. On en trouve dans toutes les contrées du globe, excepté à la Nouvelle-Hollande; mais ils sont plus répandus au Midi qu'au Nord, et la plupart des espèces qui habitent les pays septentrionaux émigrent pendant les froids rigoureux. Ils ne pondent ordinairement que deux ou quatre œufs au plus, et les pères nourrissent les jeunes en leur dégorgeant dans le bec la nourriture qu'ils ont amassée dans leur jabot. Ils se distinguent des autres oiseaux de proie par leur petite tête, que supporte un cou grêle et long.

Leur cri est aigu, très-sonore, et leur vol tellement étendu que souvent ils disparaissent à la vue en s'élevant dans la région des nuages.

Le vautour fauve a la tête et le cou recouverts d'un duvet cendré, avec quelques poils roides au sommet de la tête; le cou entouré d'une collerette de plumes blanches et quelquefois mêlée de brun. La couleur générale du plumage est d'un brun fauve; les plumes des ailes et de la queue sont brunes, le bec et les pieds plombés, le ventre blanc.

Le laemmer-geyer, ou vautour des agneaux, le plus grand des oiseaux de proie de l'ancien monde, dont il habite, mais en petit nombre, toutes les hautes chaînes de montagnes. Long de près de quatre pieds, il a jusqu'à neuf et dix pieds d'envergure; son manteau est noirâtre, avec une ligne blanche sur le milieu de chaque plume; son cou et tout le dessous de son corps sont d'un fauve clair et brillant; il a une bande noire autour de la tête. Il attaque les agneaux, les chèvres, les chamois, et même, à ce que l'on dit, les hommes endormis; on prétend qu'il lui est arrivé d'enlever des enfants. Il force les animaux, en les poursuivant, à se précipiter des rochers escarpés, et les dévore ensuite quand ils se sont brisés par leur chute.

THÉRÈSE.

Voilà une vilaine bête qui m'a l'air bien inutile sur la terre.

M. DE LUÇON,

Toujours cette sotte réflexion. Non, non, il n'est rien d'inutile. Probablement mange-t-il aussi des reptiles dangereux à l'homme.

» Passons maintenant à la deuxième tribu, celle des faucons, ces oiseaux courageux et cependant dociles auxquels on apprend à poursuivre le gibier et à revenir quand on les appelle, ainsi que faisaient les grandes dames du dernier siècle, lorsqu'elles allaient à la chasse avec leurs maris.

» Ils ont la tête et le cou revêtus de plumes ; leurs sourcils forment une saillie qui fait paraître l'œil enfoncé et donne à leur physionomie un caractère tout différent de celle des vautours. La plupart se nourrissent de proie vivante. Nous allons en parcourir rapidement les genres les plus intéressants. Ce sont des oiseaux très-forts, et même c'est à ce genre qu'appartient le faucon ordinaire, dont le mâle est grand comme une poule ; il se reconnaît toujours à une moustache triangulaire noire qu'il a sur la joue, plus large que dans aucune espèce du genre ; du reste, il varie pour les couleurs, à peu près

comme je vais vous dire. Le jeune a le dessus brun et les plumes bordées d'une couleur roussâtre, le dessous blanchâtre,
avec des taches longitudinales brunes. A mesure qu'il vieillit,
les taches du ventre et des cuisses tendent à devenir des lignes transversales noirâtres, et le blanc augmente à la gorge
et au bas du cou ; le plumage du dos devient en même temps
plus uniforme et d'un brun rayé, en travers, de cendre noirâtre ; la queue est, en dessus, brune avec des paires de taches roussâtres ; et, en dessous, avec des bandes pâles, qui
diminuent de largeur avec l'âge. Il se trouve dans toute l'Europe et aussi dans les autres parties du monde. Le faucon est
peut-être l'oiseau dont le courage est le plus franc, le plus
grand, relativement à ses forces ; il fond sans détours, et per-
pendiculairement sur sa proie. S'il y a quelques faisanderies
dans son voisinage, il choisit cette proie de préférence ; on le
voit tout-à-coup fondre sur un troupeau de faisans comme
s'il tombait des nues, parce qu'il arrive de si haut et en si
peu de temps que son apparition est toujours imprévue et
souvent inopinée.

JULES.

Quel est donc celui qui, l'autre jour, en passant au-dessus
de notre basse-cour, sur laquelle il a plané quelque temps, a
jeté l'épouvante parmi les poulets et les canards qui ne savaient où se cacher, et poussaient des cris de détresse.

M. DE LUÇON.

C'est la cresserelle, très-commune dans toute l'Europe,

vulgairement connue en France sous le nom d'émouchet, dont le mâle a, dans son état adulte, quatorze pouces de longueur et deux pieds d'envergure ; elle est rousse, tachetée de noir en dessus, marquée en dessous de taches longitudinales d'un brun pâle ; la tête et la queue du mâle sont cendrées.

» Voici maintenant le roi des oiseaux ; j'ai vu une gravure qui le représente se défendant contre un homme qui l'attaque : c'est l'aigle. Ces animaux se distinguent des faucons par cela surtout qu'ils ont les troisième et cinquième pennes des ailes plus longues que les autres ; la quatrième est ordinairement la plus longue de toutes ; leur bec, extrêmement robuste, est droit à sa base, courbé seulement vers sa pointe, garni d'une cire poilue. Ils habitent les montagnes, où ils chassent les oiseaux et les mammifères, ils ne se nourrissent que de proie vivante, et surpassent en courage tous les autres oiseaux ; leur regard est étincelant, leur démarche hardie, tous leurs mouvements très-énergiques ; dans le repos, ils tiennent la tête haute et restent fièrement dressés sur leurs jambes. Les aigles vivent par couples ; il est très-rare d'en trouver plus d'une paire dans la même portion de montagne, ils se construisent, entre deux rochers ou sur un arbre élevé, dans un lieu sec et inaccessible, un nid que l'on appelle aire, et qu'ils conservent ordinairement toute leur vie ; il est plat et abrité seulement par des branchages ou par une avance de rocher : c'est une espèce de plancher large de plusieurs pieds, formé de perches appuyées par les deux bouts, que traversent d'autres branches flexibles, et que recouvrent plusieurs lits de joncs et de bruyères ; c'est là que se retirent l'aigle et sa femelle, et qu'ils transportent leur proie quand ils ne la dévorent pas sur place, et qu'ils élèvent chaque année leurs aiglons, au nombre de trois au plus. Lorsque ceux-ci sont assez forts pour voler, ils les chassent au loin et les empêchent de revenir ; leur vie est fort longue, et peut, dit-on, dépasser un siècle.

THÉRÈSE.

Après les aigles, les autres oiseaux de proie de jour ou diurnes ne sont plus rien ?

M. DE LUÇON.

Nous avons encore les buses, qui habitent notre pays ; on en voit à Sucy, elles ont les ailes longues, le bec courbé dès sa base, et l'intervalle entre lui et les yeux sans plumes, les pieds sont forts.

» La buse commune est brune, plus ou moins ondée de blanc au ventre et à la gorge : c'est l'oiseau de proie le plus abondant et le plus nuisible de nos contrées. Cet oiseau demeure toute l'année dans nos bois ; il est assez stupide, soit dans l'état de domesticité, soit dans l'état de liberté ; il est paresseux ; il reste souvent plusieurs heures de suite perché sur le même arbre. Cet oiseau de rapine ne saisit pas sa proie au vol ; il reste sur un arbre, un buisson, ou une motte de terre, et de là se jette sur le petit gibier qui passe à sa portée; il prend les levrauts et les jeunes lapins, aussi bien que les perdrix et les cailles; il dévaste les nids de la plupart des oiseaux. Il est juste de dire qu'il se nourrit aussi de lézards, de serpents, de sauterelles, etc., lorsque le gibier lui manque.

JULES.

Alors il nous est bon à quelque chose.

M. DE LUÇON.

Passons a la seconde famille, les oiseaux de proie nocturnes. Ils ont la tête grosse, de très-grands yeux dirigés en avant, entourés d'un cercle de plumes effilées dont les antérieures recouvrent la cire du bec, et les postérieures l'ouverture de l'oreille; leur énorme prunelle laisse entrer tant de rayons lumineux qu'ils sont éblouis par le plein jour; aussi volent-ils surtout pendant le crépuscule et le clair de lune. De jour, quand ils sont attaqués ou effrayés par quelque objet inattendu, ils se dressent sans s'envoler, et prennent des postures et font des gestes bizarres. Les ailes sont beaucoup moins fortes que dans la famille des diurnes; leurs plumes, à barbes douces, finement duvetées, ne font presque aucun bruit dans le vol. Le doigt externe de leur pied se dirige à volonté en avant ou en arrière. Les petits oiseaux ont, en général, contre ceux-ci une antipathie naturelle, et on les voit souvent se réunir pour les assaillir.

JULES.

Je voudrais bien voir cela.

M. DE LUÇON.

C'est très-curieux, en effet ; les petits oiseaux se réunissent
en foule et profitent de l'embarras où se trouve l'oiseau de
proie nocturne, aveuglé par l'éclat de la lumière, pour le combattre, et quelquefois on le voit succomber sous le nombre.
Dans cette classe est l'effraie ou chouette de clochers, longue
de treize à quatorze pouces, commune en France et répandue
sur tout le globe ; son dos est nuancé de fauve et de cendré
ou de brun, joliment moucheté de points blancs entourés
chacun de points noirs ; son ventre est tantôt brun, tantôt
fauve, avec ou sans mouchetures brunes ; elle vit de chauves-
souris, de mulots, d'insectes, de musaraignes ; elle niche
dans les tours, dans les clochers ; elle fait entendre sans cesse
un sifflement, *che, chée, chin, chiou,* qui ressemble à celui
d'un homme qui dort la bouche ouverte, et qu'elle interrompt
seulement par des cris entrecoupés, *grei, gre, crei,* qu'elle
fait souvent retentir dans le silence de la nuit. Cette voix
effrayante, jointe au séjour habituel de cet oiseau sur les
clochers qui avoisinent les cimetières, en ont fait pour les
gens faibles un oiseau de mauvais augure. Il y en a encore
d'autres, tant en France que dans d'autres pays, telles que la
chouette commune ou grande chevêche, la chevêche ou petite
chouette, la chouette-hulotte, le petit duc et le grand duc,

mais tous se ressemblent plus ou moins par la forme ou les mœurs ; il faut donc nous arrêter à ceux que je vous ai décrits pour vous donner une idée de ces oiseaux chasseurs, braves et vigoureux, qui vivent aux dépens des autres animaux. Demain nous prendrons, les uns après les autres, tous les petits oiseaux que j'ai dans mon cabinet, où je les conserve empaillés depuis bien longtemps : ce sont les passereaux, qui ne sont ni chasseurs ni nageurs, et qui, au contraire, servent de proie à ceux que nous venons de passer en revue

— Thérèse, Thérèse, disait Jules en appelant sa sœur, le lendemain, as-tu entendu la chouette cette nuit : *chiou, chiou?*

THÉRÈSE.

Tu as eu peur, mon petit frère, si brave ! et tu en as rêvé bien sûr.

JULES.

Peur ! de quoi ? d'une chouette, d'un oiseau de proie nocturne, assez lâche pour se laisser battre par des petits oiseaux lorsqu'il fait jour ! Oh! c'est honteux pour une grande bête qui a cinq pieds d'envergure.

THÉRÈSE

Enfin tu as rêvé ?

JULES.

Non vrai ; sérieusement, je l'ai entendue ce matin, à la pointe du jour.

M. DE LUÇON.

Jules a raison, je crois l'avoir entendue moi-même, il faisait à peine jour : elle aura été surprise par la lumière du soleil levant, et attaquée par les oiseaux du voisinage de l'église dont nous ne sommes pas éloignés.

JULES.

Tu vois, Thérèse, papa l'a bien entendue aussi.

THÉRÈSE.

Comment! les moineaux, les pinçons, les hirondelles, tous ces passereaux enfin, comme tu les appelles, ont osé...

M. DE LUÇON.

Les passereaux ne sont pas tous de petits oiseaux sans

force et sans courage. Je vous ai promis de vous en donner la définition, puisqu'ils appartiennent au deuxième ordre des oiseaux, et vous allez voir qu'il y en a d'assez forts et d'assez gros, surtout lorsqu'ils sont plusieurs réunis, pour attaquer leur ennemie la chouette, et même d'autres oiseaux de proie.

THÉRÈSE.

Nous t'écoutons, papa : il me tarde de connaître les passereaux, que je croyais de tout petits oiseaux comme les mésanges, les linottes et tant d'autres.

M. DE LUÇON.

Non, ma chère enfant ; les passereaux sont, ainsi que je vous l'ai déjà dit, les oiseaux du deuxième ordre, qui renferme tous les volatiles qui ne sont ni nageurs ni échassiers, ce qui veut dire montés sur de grandes pattes ; ni grimpeurs, ni oiseaux de proie, ni gallinacés : c'est-à-dire qu'il contient tous ceux assignés aux cinq autres ordres. Son caractère propre se trouve ainsi purement négatif ; mais cependant, quoiqu'on ne puisse pas réunir sous un signalement commun toutes les espèces qui y rentrent, il n'en est pas moins vrai qu'elles sont naturellement rapprochées par l'ensemble de leur organisation. Les passereaux n'ont ni la violence des oiseaux de proie, ni le régime déterminé des gallinacés ou des oiseaux aquatiques ; les insectes, les fruits, les grains, fournissent à leur nourriture. La longueur proportionnelle de leurs ailes et

Jules et Thérèse

l'étendue de leur vol sont variables comme leur genre de vie. Ils ont quatre doigts, trois en avant, un en arrière, quelquefois tous les quatre en avant ; le doigt du milieu est réuni avec le doigt extrême au moyen d'une membrane, seulement par une ou deux phalanges dans les quatre premières familles, tandis que, dans la cinquième, les deux doigts, presque de même longueur, sont réunis jusqu'à l'avant dernière articulation. Voyons la première famille d'antirotres.

JULES.

Voilà un drôle de nom : ont dirait qu'ils ont un bec et des dents.

M. DE LUÇON.

On les appelle ainsi parce qu'ils ont un bec échancré du côté de la pointe. Cette famille contient le plus grand nombre des oiseaux insectivores : mais presque tous aussi mangent aussi des fruits tendres de toutes espèces.

JULES.

Les pies-grièches, par exemple.

M. DE LUÇON.

Oui, elles ont le bec robuste, triangulaire à la base, comprimé par les côtés, convexe en dessus ; la mandibule supérieure est dentée et crochue vers le bout, l'inférieure aigüe et retroussée à la pointe. Elles vivent en famille, volent inégalement et précipitamment, en jetant des cris aigus ; nichent avec propreté sur les arbres, pondent cinq ou six œufs, et prennent beaucoup de soins de leurs petits ; elles ont l'habitude singulière d'imiter sur-le-champ quelques parties du ramage des oiseaux qui chantent dans leur voisinage.

» La pie-grièche commune ou grise, qui passe chez nous toute l'année, est longue de neuf pouces, cendrée dessous ; elle a la queue et les ailes noires, les scapulaires et les pennes de l'aile presque blanches ; cette dernière couleur se remarque encore sur le bord extrême et latéral de la queue. Il y en a une variété tout-à-fait blanche. Cet oiseau vit dans les bois, où il se nourrit de mulots, de souris, de grenouilles, de lézards et d'insectes ; le mâle montre beaucoup de courage pour défendre ses petits, et résiste souvent au corbeau avec assez de vigueur pour l'éloigner de son nid.

THÉRÈSE.

C'est bien cela : les plus petites bêtes ne sont pas les moins courageuses.

M. DE LUÇON.

On trouve encore en France la petite pie-grièche, un peu moindre que la précédente, qui a le bec plus court et plus gros, les ailes et la queue semblables.

« La pie-grièche rousse, ou l'écorcheur, appelée ainsi parce qu'elle plume et déchire les petits oiseaux qu'elle prend à la chasse.

» Voyons les gobe-mouches maintenant. Leurs mœurs sont, en général, les mêmes que celles des pies-grièches : ils vivent de petits oiseaux. Nous en avons de deux espèces, qui nous quittent pendant l'hiver, habitent nos bois pendant l'été, font leur nid dans les trous d'arbres ou dans les buissons, mènent une vie solitaire, et ont un air triste, un naturel sauvage. Le gobe-mouches gris, long de cinq pouces et demi environ, est gris dessus, blanchâtre en dessous, avec quelques mouchetures grisâtres sur la poitrine. On en tient quelquefois dans les appartements pour y détruire les mouches: car il est bien nommé, et ne fait autre chose que les saisir au passage.

JULES.

C'est sans doute pour cette raison qu'on nomme gobe-mouches les niais qui restent la bouche béante à la manière de cet oiseau, qui se tient le bec ouvert lorsqu'il est à l'affût aux mouches.

M. DE LUÇON.

Justement ; on donne aussi ce nom ridicule aux gens curieux et sans occupation, qui se promènent sans but, en regardant en l'air comme des imbéciles.

» Les merles sont aussi de cet ordre, ils ont le bec comprimé et un peu arqué ; mais sa pointe ne fait pas le crochet.

» Le merle commun a dix pouces du bout du bec à celui de la queue ; le plumage du mâle adulte en totalité d'un noir foncé sans reflet ; le bec et les paupières sont jaunes, les pieds et les ongles noirs ; la femelle a la tête, le derrière du cou et tout le dessous du corps bruns, la gorge variée de gris, de brun et de roussâtre. Le merle se nourrit de baies, de fruits, d'insectes ; il n'émigre point pendant l'hiver, il fait son nid au mois de mars ; il commence dans le même temps son chant, qui continue bien avant la belle saison. C'est un sifflement éclatant qu'il fait entendre, surtout le soir et le matin, et plus fréquemment quand le ciel est sombre ; il fait chaque année deux ou trois pontes de quatre à six œufs. Tout le monde sait combien il est commun chez nous, et combien il est facile de lui apprendre à bien chanter, ou même à parler. On voit quelquefois des individus dont le plumage est blanc, soit en partie, soit en totalité.

THÉRÈSE.

Cependant, quand on veut parler d'une chose impossible à trouver, on dit : rare comme un merle blanc.

M. DE LUÇON.

Aussi est-ce très-peu commun ; et il y aurait encore beaucoup à dire sur l'exactitude rigoureuse de ce blanc-là.

» Nous avons encore la grive, le nauvis, qui appartiennent à cette catégorie.

» Les loriots en sont aussi : ils ressemblent beaucoup aux merles ; mais leur bec est un peu plus fort, leurs pieds un peu plus courts, et les ailes un peu plus longues. C'est à ce genre qu'appartient le loriot d'Europe, de même taille à peu près que le merle ; le mâle a le corps jaune, les ailes et la queue jaune ; mais, pendant les deux premières années, il a, comme la femelle, en tout temps, le jaune remplacé par de l'olivâtre, et le noir par du brun. Cet oiseau suspend aux branches un nid artistement fait, mange des cerises et d'autres fruits, et, au printemps, des insectes ; il ne reste chez nous que pendant la belle saison, et va passer l'hiver en Afrique ; il voyage par petites bandes de cinq à six dans l'été ; quand il est devenu gros, sa chair est bonne à manger.

» Les becs-fins sont aussi des passereaux ; ils se reconnaissent à leur bec droit, semblable même à un pinçon, quelquefois un peu comprimé et légèrement recourbé vers la pointe. C'est dans ce genre que se trouvent les oiseaux chanteurs par excellence ; ils sont presque voyageurs et insectivores : c'est parmi les becs-fins que l'on rencontre le rouge-gorge ; il est commun en Europe, mais il nous quitte l'hiver ; il reste cependant quelques individus qui, pendant les grands froids, se réfugient dans les habitations et s'apprivoisent facilement. C'est un oiseau curieux et familier, par conséquent très-facile à prendre, il vit solitaire et voyage seul ; mais il s'approche de l'homme et accompagne souvent le voyageur pendant un long trajet. C'est le plus matinal de tous les oiseaux, et c'est aussi le dernier qu'on voit voltiger après le coucher du soleil ;

son chant, composé de sons déliés, légers et tendres, n'est qu'un gazouillement pendant l'hiver ; mais lorsque le moment de se reproduire est venu, il prend plus d'éclat ; il fait son nid près de terre, dans les buissons fourrés ou dans les racines des arbres. Le mâle ne souffre dans le voisinage aucun autre oiseau ; il joint aux insectes, sa pâture ordinaire, les fruits tendres et, en particulier, le raisin. C'est alors que sa chair devient, surtout dans les pays vignobles, un mets très-délicat. J'ai là un rossignol empaillé que je veux vous donner ; c'est le meilleur musicien ailé que nous ayons en France.

THÉRÈSE.

Eh bien ! il n'est pas beau.

M. DE LUÇON.

Tant il est vrai qu'il ne faut pas se fier aux apparences. Tout petit qu'il est, long à peine de six pouces, brun, roussâtre dessus, gris blanchâtre dessous, la queue un peu plus rousse, c'est celui de tous les oiseaux dont le chant est le plus célèbre. On pourrait citer quelques autres oiseaux chanteurs dont la voix le dispute, à certains égards, à celle du rossignol : les uns ont d'aussi beaux sons, les autres ont le timbre aussi pur et plus doux ; d'autres ont des tours de gosier aussi flatteurs ; mais il n'en est pas un seul que le rossignol n'efface par la réunion complète de ses talents divers, et par la prodigieuse variété de son ramage ; en sorte que la chanson de chacun de ces oiseaux, prise dans son étendue, n'est qu'un couplet de celle du rossignol.

» Le rossignol charme toujours, et ne se répète jamais, du moins jamais servilement; s'il redit quelque passage, ce passage est animé d'un accent nouveau, embelli par de nouveaux agréments; il réussit dans tous les genres, il rend toutes les expressions, il saisit tous les caractères, et, de plus, il sait en augmenter l'effet par des contrastes. Ce coryphée du printemps se prépare-t-il à chanter l'hymne de la nature au lever du soleil, il commence par un prélude timide, par des tons faibles, presque indécis, comme s'il voulait essayer son instrument et intéresser ceux qui l'écoutent; mais ensuite, prenant de l'assurance, il s'anime par degré, il s'échauffe, et bientôt il déploie, dans leur plénitude, toutes les ressources de son incomparable organe ; coups de gosier éclatants, où la netteté est égale à la volubilité ; murmure intérieur et sourd qui n'est point agréable à l'oreille, mais très-propre à augmenter l'effet des tons appréciables ; roulades précipitées, brillantes et rapides, articulées avec force et même avec une dureté de bon goût; accents plaintifs, cadencés avec mollesse; sons filés sans art, mais enflés avec âme ; sons enchanteurs et pénétrants, vrais soupirs qui semblent sortir du cœur, et font palpiter tous les cœurs, qui causent à tout ce qui est sensible une émotion si douce, une langueur si touchante. Les rossignols voyagent seuls, arrivent seuls dans nos climats, aux mois d'avril et de mai, et s'en retournent seuls au mois de septembre. Lorsqu'au printemps le mâle et la femelle s'apprêtent pour nicher, cette union particulière semble fortifier encore leur aversion pour la société générale ; car ils ne souffrent alors aucun de leurs pareils dans le terrain qu'ils se sont approprié. Chaque couple commence à faire son nid vers la fin d'avril et au commencement de mai : ils le posent ou sur les branches les plus basses des arbustes, ou sur une touffe d'herbe, et même à terre, au pied des arbustes. La femelle pond ordinairement cinq œufs, qu'elle couve seule. Après dix-huit à vingt jours d'incubation, les petits commencent à éclore ; la mère dégorge la nourriture à ses petits, comme font les femelles des serins ; elle est aidée par le père dans cette fonction : c'est alors que celui-ci cesse de chanter. Les rossignols se cachent au plus épais des buissons ; ils se nourrissent d'insectes aquatiques et autres, de petits vers, d'œufs ou plutôt de nymphe de fourmis.

— Quel dommage, disait Adolphe, qu'on ne puisse pas élever un petit rossignol ! comme il nous enchanterait en cage avec le serin, cet autre musicien si gentil et si familier ! quel joli duo ils feraient ensemble !

M. DE LUÇON.

Mon ami, le rossignol, pris jeune dans le nid, peut être élevé en cage, et vivre plusieurs années. Mais son éducation demande les plus grands soins. Revenons à nos passereaux. Je veux, pour aller plus vite, vous indiquer seulement les plus connus. Il y a encore la farlaise, autrement dit bec-figue ou vinette. Elle est longue de cinq pouces environ, brune, olivâtre dessus, blanchâtre dessous, avec des taches brunes à la poitrine et aux flancs, un sourcil blanchâtre, l'ongle du pouce plus long que le pouce lui-même; elle se tient dans nos prairies humides, se nourrit de vermisseaux et d'insectes, niche dans les joncs ou les touffes de gazon, et nous quitte en automne. Son chant, qui approche de celui du rossignol, sans être suivi, est assez flatteur, quoiqu'un peu triste. Cet oiseau engraisse singulièrement en automne en mangeant du raisin, et est recherché alors dans plusieurs de nos provinces.

» Passons à la seconde famille, les fissirostres. Ils se distinguent par leur bec court, large, aplati horizontalement, légèrement crochu, sans échancrures, et fendu très-profondément; en sorte que l'ouverture de leur bouche est très-large, et qu'ils engloutissent aisément les insectes qu'ils poursuivent au vol. Ils sont exclusivement insectivores, et surtout voyageurs; on n'en connaît que trois genres, les martinets, les hirondelles et les engoulevents.

» Les martinets sont, de tous les oiseaux, ceux qui, à proportion de leur taille, ont les plus longues ailes et volent avec le plus de force. Leur queue est fourchue, leurs tarses très-courts; leurs pieds ont ce caractère fort particulier, que le pouce est dirigé en avant presque comme les autres doigts. La brièveté de leurs pieds, jointe à la longueur de leurs ailes, fait que lorsqu'ils sont à terre, ils ne peuvent prendre leur élan; aussi passent-ils, pour ainsi dire, leur vie en l'air, poursuivant en troupes, et à grands cris, les insectes, et bu-

vant même sans cesser de voler. Ils nichent dans des trous
de murs et de rochers ; ils grimpent avec rapidité le long des
surfaces unies.

THÉRÈSE.

C'est, sans doute, par ce motif, qu'ils annoncent la pluie
lorsqu'ils volent contre terre, les insectes se trouvant plus
rapprochés du sol lorsque la pluie va tomber.

M. DE LUÇON.

C'est exactement cela ; c'est ainsi que vole le martinet
commun, cet oiseau si rapide, long d'environ huit pouces,
ayant près de quinze pouces d'envergure, noir, à gorge blanche. Il arrive chez nous pendant le mois d'avril, et nous
quitte aux approches du froid. La même paire revient chaque
année occuper le même domicile, et quand ils retrouvent
leur ancien nid, ils ne prennent pas la peine d'en construire
un autre. Ils ne font ordinairement qu'une seule couvée de
deux à cinq œufs.

JULES.

Est-il bien certain que les mêmes reviennent dans nos
pays ?

M. DE LUÇON.

Cela est vrai : on en a eu la preuve en attachant un ruban

à un de ces martinets pris dans un piége ou dans son nid, et on l'a vu revenir l'année suivante au même lieu, au même nid avec son ruban. Occupons-nous maintenant des hirondelles, qui ressemblent beaucoup aux martinets ; elles se distinguent seulement par leur pouce tourné en arrière : ce sont aussi des oiseaux insectivores, dont l'air est encore le domaine : ils mangent, boivent et dorment quelquefois, et même donnent des aliments à leurs petits en volant. Celles qui habitent l'Europe y arrivent chaque printemps pour y nicher, et la quitter lorsque les froids commencent à se faire sentir, et que leurs aliments deviennent rares. Elles traversent régulièrement d'Europe en Afrique, et d'Afrique en Europe. Les marins en voient assez fréquemment aux époques des migrations : elles viennent se reposer sur les vergues des navires. La même paire retourne chaque année à son ancien domicile, et continue d'occuper le même nid, ou en construit un nouveau tout près de l'ancien. L'hirondelle des fenêtres est longue de cinq pouces et demi y compris la queue fourchue, qui a deux pouces ; elle est noire dessus, blanchâtre dessous et au croupion ; elle a les pieds revêtus de plumes jusqu'aux ongles ; elle arrive chez nous vers la mi-avril, part à la mi-septembre; elle se fait un nid de terre, garni intérieurement de paille et de plumes, et qu'elle place souvent aux angles des fenêtres et sur les rebords des toits. Nous avons encore l'hirondelle des cheminées, l'hirondelle du rivage. Disons qu'il y a encore une troisième famille, celle des conirostres, qui comprend les passereaux à bec fort, plus ou moins conique et sans échancrures, ils vivent d'autant plus exclusivement de grains que leur bec est plus fort et plus gros.

» Les allouettes appartiennent à cette famille. Elles se distinguent par l'ongle de leur pouce qui est droit, fort, et bien plus long que les autres ; elles se nourrissent de grains et d'insectes, se tiennent et nichent à terre, et se font remar. quer par leur vol perpendiculaire, qu'elles exécutent en chan-tant avec force et une grande variété. Il en est de même de l'alouette des champs, si connue dans nos campagnes, et qu'on prend en abondance pour servir sur nos tables. J'oubliais les cochevis ou allouette huppée, et l'allouette des bois, nommée encore cujelier, le lulu.

JULES.

Pardon, si je t'interromps, mon cher papa ; mais il me semble que tu ne nous a pas parlé de ces oiseaux de passage qui sont si nombreux, et qui viennent, au moment des ven-danges, manger nos raisins.

M. DE LUÇON.

Je sais ce que tu veux dire : ce sont les étourneaux ; en voilà la gravure coloriée dans ce livre. Ils se distinguent par leur bec déprimé, surtout vers la pointe, dont la mandibule remonte vers le front, et y entame les plumes par une large échancrure demi-cercle : tel est l'étourneau commun ou le sansonnet, long environ de huit pouces, noir, avec des reflets violets et verts, tacheté partout de blanc et de fauve ; le jeune mâle est gris brun. Cet oiseau est très-commun dans l'autre continent; il nous vient en troupes nombreuses; généralement il ne se nourrit que d'insectes. On l'apprivoise aisément, et on peut lui apprendre à parler et à chanter. Lorsque nous en rencontrerons une troupe, je vous ferai remarquer de quelles précautions ils s'entourent avant de s'aventurer dans nos vignes et dans nos bois, comme ils placent des sentinelles sur les arbres élevés des alentours, et avec quelle obéissance ils partent tous à la fois, lorsque les chefs chargés de les conduire et de les diriger s'envolent eux-mêmes en poussant un cri particulier pour les avertir du danger.

» Demain nous continuerons l'histoire de nos passereaux en faisant celle du corbeau et de la pie, que les bonnes femmes, dans nos campagnes, appellent sans raison des oiseaux de mauvaise augure.

III

JULES.

Tu as entendu, Thérèse, ce que disait papa hier, au sujet des corbeaux et des pies que les bonnes femmes de nos villages appellent injustement oiseaux de mauvaise augure ; que dis-tu de cela, toi qui vingt fois as eu la même idée ?

THÉRÈSE.

Je n'y ai jamais cru, mais j'ai souvent dit cela en voyant ces oiseaux dans nos promenades, parce que notre bonne Marie, qui est si peureuse, me répétait sans cesse dans mon enfance : « Oh ! mademoiselle Thérèse, quelque malheur nous arrivera : j'ai vu trois pies ce matin, ou trois corbeaux. »

JULES.

Que les bonnes sont maladroites de faire peur ainsi aux petites filles ! c'est comme cela qu'on les rend ridicules et superstitieuses toute leur vie.

M. DE LUÇON.

J'ai entendu votre discussion, et je vois avec plaisir que vous reconnaissez tous deux que ce n'est pas d'après les préjugés ridicules d'une vieille bonne, dévouée, mais ignorante, que des enfants bien élevés doivent se fixer pour se former une opinion et se faire une règle de conduite. Mais je pardonne plutôt la superstition des gens du peuple et des campagnes au sujet des corbeaux et des pies que celle qui a pour objet tel nombre, comme, par exemple, d'être treize à table ; cette niaiserie que rien ne justifie, tandis que l'augure des oiseaux a été, dans les temps les plus reculés, mis en honneur chez les anciens, et que, par tradition, ces préjugés ont pu arriver jusqu'à nous.

JULES.

Nous ne croyons pas plus aux uns qu'aux autres, mon cher papa, et, grâce à l'éducation que tu nous donnes, Dieu merci, toutes ces stupidités, que la vieille Marie nous cornait aux oreilles pour nous endormir, s'effaceront de notre mémoire avec les comtes des fées. Nous voici prêts à t'entendre, et il nous tarde de connaître les mœurs et les habitudes de ces corbeaux et de ces pies.

TIIÉRÈSE.

Sont-ils toujours de l'ordre des passereaux !

M. DE LUÇON.

N'étant ni oiseaux de proie proprement dits, ni grimpeurs, ni échassiers ou à longues pattes, ils sont toujours classés dans l'ordre des passereaux. Voyons, prenons ce livre de gravures de Buffon, où je trouve un magnifique corbeau. Voyez comme il a le bec fort, plus ou moins aplati par les côtés ; comme ses narines sont recouvertes par des plumes roides, dirigées en avant. Ce sont des oiseaux subtils, dont l'odorat est très-fin, et qui ont généralement l'habitude de prendre, de cacher même des choses qui leur sont inutiles, comme des pièces de monnaie. Ce corbeau, qui est le plus grand des passereaux qui se trouvent en Europe, a la taille égale à celle du coq ; son plumage est tout noir, sa queue arrondie, le dos de sa mandibule arqué en avant. La femelle est d'un noir moins décidé, et sa taille est un peu plus petite. Cet oiseau vole bien et vole haut, sent les cadavres d'une lieue, se nourrit d'ailleurs de toutes sortes de fruits et de petits animaux, enlève même les oiseaux de basse-cour. Il vit très-retiré, mais par paires. Chaque mâle conserve sa femelle pendant un grand nombre d'années, peut-être toute sa vie.

» Les corbeaux font leur nid dans les crevasses des rochers, ou dans les trous des murailles, au haut des vieilles tours abandonnées, et quelquefois sur le sommet des arbres isolés. Ce nid, très-grand, est composé extérieurement de rameaux et de racines d'arbrisseaux ; des os de quadrupèdes ou des fragments de substances dures en forment la seconde couche, et l'intérieur est tapissé de graminées, de mousse, de bourre. La femelle y pond, vers le mois de mars, cinq ou six œufs ; le mâle défend courageusement sa jeune famille contre les milans et autres oiseaux de proie, et les petits restent tout l'été avec leurs parents ; mais lorsqu'ils peuvent se suffire, ceux-ci les chassent de leur canton et reprennent leur vie solitaire. Ils ne font probablement qu'une couvée par an ; mais ce peu de fécondité est bien compensé par la durée de de leur vie, qu'on dit être de plus d'un siècle.

» Dans cette famille, il y a l corneille, le freux, la corneille mantelée, le choucas, ou petite corneille des clochers.

» Passons maintenant aux pies. En voilà une belle mise en couleur ; voyez qu'elle a, comme les corbeaux, la mandibule supérieure fortement arquée, par rapport à l'inférieure, et les narines recouvertes de même par des plumes roides. Elle place son nid au haut des plus grands arbres, ou du moins sur de hauts buissons, et n'oublie rien pour le rendre solide et sûr ; aidée de son mâle, elle le fortifie extérieurement avec des bûchettes flexibles et du mortier de terre gâchée, et elle le recouvre en entier d'une enveloppe à claire voie d'une espèce 'abattis de petites branches épineuses et bien entrelacées ;

elle n'y laisse d'ouverture que dans le côté le mieux défendu, le moins accessible, et seulement ce qu'il en faut pour qu'elle puisse entrer et sortir. Sa prévoyance industrielle ne se borne pas à la sûreté, elle s'entend encore à la commodité ; car elle garnit le fond du nid d'une espèce de matelas orbiculaire, c'est à-dire en forme de demi-globe, pour que ces petits soient plus mollement et plus chaudement ; et quoique ce matelas, qui est le nid véritable, n'ait qu'environ six pouces de diamettre, la masse entière, en y comprenant les ouvrages extérieurs et l'enveloppe épineuse, a au moins deux pieds en tous sens. Tant de précautions ne suffisent point encore à sa tendresse, ou, si l'on veut, à sa défiance ; elle a continuellement l'œil au guet sur ce qui se passe au dehors. Voit-elle approcher une corneille, elle vole aussitôt à sa rencontre, la harcelle et la poursuit sans relâche et avec de grands cris, jusqu'à ce qu'elle soit venue à bout de l'écarter. Si c'est un ennemi plus redoutable, un faucon, un aigle, la crainte ne la retient pas, et elle ose encore l'attaquer avec une témérité qui n'est pas toujours heureuse. Elle pond sept ou huit œufs à chaque couvée, et ne fait qu'une seule couvée par an, à moins qu'on ne détruise ou qu'on dérange son nid. Le mâle et la femelle couvent les œufs alternativement, et l'incubation dure ordinairement quatorze jours. Les petits, que l'on nomment plats, naissent aveugles et presque informes ; le père et la mère les élèvent avec une grande sollicitude, et leur continuent leurs soins pendant long-temps ; car ils sont très-tardifs à se suffire eux-mêmes.

» Il n'en est pas de même des geais ; ils ont des narines recouvertes de plumes roides, les deux mandibules peu allongées et finissent par une courbure subite et presque égale. Quand leur queue est étagée, elle s'allonge peu, et les plumes de leur front, lâches et effilées, se redressent plus ou moins dans la colère : tel est le geai de l'Europe, bel oiseau non moins connu que la pie, long de treize pouces environ, d'un gris vineux, à moustache et à peine noires, remarquable surtout par une grande tache d'un bleu éclatant, rayé de bleu foncé, que forme une partie des couvertures de l'aile. On en rencontre quelquefois à plumage blanc ou jaunâtre en tout ou en partie, et dont l'iris est rouge comme chez les Albinos. Cet oiseau est presque répandu dans toutes les contrées de l'Europe, où il vit par paires, qui se réunissent souvent en petites troupes, et se nourrissent de glands, de sorbes, de groseilles, de cerices, d'insectes. Des individus qui habitent nos campagnes, les uns restent pendant l'hiver, les autres nous quittent à la fin de l'automne.

THÉRÈSE.

Ce geai a l'air d'une bonne personne ; je suis sûre qu'avec un peu de patience, on parviendrait à l'apprivoiser ; il me semble en avoir déjà vu en cage, aussi bien que des pies.

M. DE LUÇON.

Il se familiarise en effet ; mais, pour y parvenir, il faut l'élever tout jeune à la becquée ; il meurt de chagrin lorsque, pris à l'état d'adulte, il est mis en cage. C'est le dernier des gros oiseaux appelés passereaux ; bien qu'il ne quitte pas nos contrées, il appartient à cet ordre que nous allons terminer par la description des plus petits oiseaux que la Providence ait mis sur la terre, je veux dire les grimpereaux, les colibris et les oiseaux-mouches dont nous nous occuperons demain.

IV

— J'ai bien peur d'une chose, disait Jules à Thérèse le lendemain matin : c'est que, malgré toute mon attention, je ne puisse me rappeler toutes les belles choses que nous dit notre père.

THÉRÈSE.

Tu n'as donc pas eu les mêmes précautions que moi : après chaque leçon, je fais un petit résumé de ce que j'ai pu me rappeler ; j'en ai déjà un gros cahier de notes.

JULES.

Ah bas ! des notes ; j'aime mieux classer cela dans ma tête.

THÉRÈSE.

Oui, mais si tu oublies.

JULES.

Alors tu me prêteras ton résumé.

THÉRÈSE.

Tu vois donc bien qu'il sera bon à quelque chose ; et d'ailleurs il est impossible, sans cela, de se souvenir de tous ces noms, de tous ces termes.

JULES.

Papa s'en souvient bien, lui.

THÉRÈSE.

C'est qu'il les a étudiés plus longtemps que nous. Aussitôt qu'un animal quelconque lui est montré, il se souvient tout de suite de son nom, de sa race ; il connaît sa famille, son ordre, sa conformation, ses mœurs, ses habitudes. C'est bien précieux d'avoir une mémoire si fidèle, et comme je n'espère guère arriver à cette perfection, j'écris et je prends des notes.

JULES.

Tu as peut-être raison. Mais viens auprès de papa : il me tarde de connaître ces petits oiseaux si jolis qui doivent terminer l'histoire des passereaux.

THÉRÈSE.

Oui : les petits grimpereaux, l'oiseau-mouche et le colibri.
Que je voudrais en avoir à élever en cage !

M. DE LUÇON,

Arrivez donc, petits paresseux. Tenez, voyez ce que je vous
ai réservé : une surprise et un cadeau.

THÉRÈSE.

Oh ! quel bonheur ! un colibri, un oiseau-mouche, empaillés sans doute. Dieu, qu'ils sont gentils !

JULES.

Et celui-ci avec sa grande queue en panache.

M. DE LUCON.

Ah ! celui-là, c'est l'oiseau du paradis, si recherché par nos
dames opulentes et coquettes, qui le placent sur leurs cha-
peaux et sur leurs berrets; c'est encore un oiseau de la famille des passereaux. Asseyez-vous là; nous allons les décrire
tous les uns après les autres.

» Vous voyez qu'il a, comme le corbeau, le bec droit, comprimé sans échancrures, et les narines couvertes; mais l'in-
fluence du climat que ces oiseaux habitent a donné aux plumes qui couvrent leurs narines un tissu de velours, et souvent un éclat métallique, en même temps qu'elle a singulière-

Jules et Thérèse 3

ment développé les plumes de plusieurs autres parties du corps. Ces oiseaux sont originaires de la Nouvelle-Guinée et des îles voisines. On ne peut guère les obtenir que des naturels fort barbares de ces contrées , qui les préparent pour faire des panaches, et leur arrachent les pieds et les ailes ; en sorte que l'on a été jusqu'à croire, dans un temps où l'on aimait le merveilleux en histoire naturelle, qu'ils manquaient réellement des pieds et vivaient toujours dans l'air, sans jamais se poser. On ajoutait qu'ils n'avaient pour aliment que la rosée et les parfums qui s'exhalent des fleurs ; mais les observateurs modernes qui leur ont trouvé des pieds assez semblables à ceux des corbeaux, ont bien su constater aussi qu'ils se nourrissaient de fruits et d'insectes. Quelques-uns ont les plumes des flancs effilées et singulièrement allongées en panaches plus longs que le corps, qui donnent une telle prise au vent que ces oiseaux sont fort souvent emportés malgré eux. On en connaît plusieurs. L'oiseau du paradis émeraude, le sifflet, le superbe, l'orangé, sont tous recherchés pour la parure des dames, ainsi que je vous le disais tout-à-l'heure : mais on tenterait en vain de les élever dans l'intérieur des maisons, et c'est seulement comme un objet de curiosité, et morts, qu'on nous les apporte des pays éloignés où ils sont pris et tués.

THERÈSE.

C'est bien dommage : j'aimerais mieux l'élever en cage que de porter sa queue sur ma tête.

M. DE LUÇON.

Toutes les dames ne seraient pas de ton avis.

» Voici maintenant les petits oiseaux de la famille des té-
nuirostres, c'est-à-dire le bec délié : vous voyez comme le
bec est grêle, allongé, et tantôt droit, tantôt plus ou moins
arqué, sans échancrures.

» Ce sont les grimpereaux. Celui-ci a le bec arqué, comprimé sur les côtés. Les grimpereaux se nomment ainsi parce
qu'ils ont l'habitude de grimper aux arbres en se servant de
leur queue comme d'un arc-boutant, en sorte que les pennes
de cette queue sont usées et finissent en une pointe roide.
Nous n'en avons qu'en Europe, qu'on nomme le grimpereau
commun, qui n'a que cinq pouces de longueur ; sa tête et son
dos présentent des taches longitudinales blanchâtres au cen-
tre, mélangées de noir et de brun sur les côtés ; les ailes sont
d'un brun sombre, avec une latérale blanchâtre qui traverse
toutes les pennes ; la gorge et la poitrine sont d'un blanc argenté, l'abdomen d'un blanc roussâtre, le croupion roux, la
queue étagée. Ce petit oiseau, qui se trouve dans les diverses
parties de l'Europe jusqu'en Sibérie, est sans cesse occupé à
grimper le long des arbres pour rechercher les insectes et les
larves dont il se nourrit ; on le voit souvent passer d'un arbre à l'autre en poussant un petit cri faible, mais aigu, qui
forme toute sa voix ; il reste, pendant la nuit, dans les trous
des arbres, et y fait aussi son nid.

THÉRÈSE.

Et celui-ci, papa, n'est-ce pas le colibri !

M. DE LUÇON.

Oui : il y en a plusieurs espèces. Ce sont les plus petits de tous les oiseaux ; ils sont célèbres par l'éclat métallique de leur plumage, et surtout par les plaques aussi brillantes que des pierres précieuses que forment, à leur gorge sur leur tête, des plumes écailleuses d'une structure particulière. Ils ont le bec long et grêle, enfermant une langue qui s'allonge au gré de l'animal, et qui se divise presque jusqu'à sa base en deux filets, qu'ils emploient, dit-on, pour sucer le nectar des fleurs. Cependant les colibris vivent aussi de petits insectes. Leurs très-petits pieds, leur large queue, leurs ailes extrêmement longues et étroites, à cause du raccourcissement rapide de leurs pennes, leur donnent, par leurs mouvements, une grande ressemblance avec les martinets. Ils se balancent en l'air presque aussi aisément que les mouches, et volent, à proportion de leur taille, plus rapidement qu'aucun autre oiseau. Ils vivent, en général, solitaires, volent sans cesse, en bourdonnant de fleur en fleur, et ne se réunissent par couples qu'au moment de la reproduction.

» Les nids qu'ils construisent répondent à la délicatesse de leur corps : ornés de coton ou d'une bourre soyeuse, ils sont fortement tissus, de la consistance d'une peau douce et épaisse, revêtus à l'extérieur de lichens ou de petits fragments de bois enduits d'un suc gommeux. La femelle dépose dans ce nid deux petits œufs blancs, dont le volume surpasse à peine, dans quelques espèces, celui d'un poids ordinaire ; elle les couve alternativement avec le mâle, et au bout de treize jours, il en sort des petits qui ne sont pas, en naissant, plus gros qu'une mouche.

» Les colibris habitent les contrées les plus chaudes du nouveau continent ; quelques espèces voyageuses s'écartent vers le nord au plus fort de l'été, et vont visiter diverses parties de l'Amérique septentrionale ; mais elles repartent aussitôt que la température se roidit. On ne peut, en général, les transporter vivants dans nos climats, ou du moins on y a très-rarement réussi. Ils aiment le voisinage des habitations et fréquentent les jardins ; ils se laissent approcher facilement, mais s'échappent avec la rapidité du trait, en jetant un petit cri, lorsqu'on fait mine de les vouloir les saisir. Ils se battent entre eux avec acharnement, et quand il s'agit de défendre leur couvée, on les voit résister à des oiseaux plus forts et plus grands, qu'ils poursuivent souvent jusqu'à les mettre en fuite.

» On réserve le nom de colibri à ceux qui ont le bec arqué : tel est le colibri topaze.

THÉRÈSE.

Mais en voici un qui a le bec droit, et qui me paraît encore plus petit.

M. DE LUÇON

Effectivement : c'est l'oiseau-mouche. C'est dans cette section que l'on trouve les petites espèces : « De tous les êtres animés, dit Buffon, voici le plus élégant pour la forme et le plus brillant pour les couleurs ; les pierres et les métaux polis par notre art ne sont pas comparables à ce bijou de la nature. Elle l'a placé, dans l'ordre des oiseaux, au dernier degré de l'échelle de grandeur ; son chef-d'œuvre est le petit oiseau-mouche. Elle l'a comblé de tous les dons qu'elle n'a fait que partager entre les autres oiseaux ; légèreté, rapidité, prestesse, grâce et belle parure, tout appartient à ce petit favori : l'émeraude, le rubis, la topaze, brillent sur ses habits ; il ne les souille jamais de la poussière de la terre, et, dans sa vie tout aérienne, on le voit à peine toucher le gazon par instant ; il est toujours en l'air, volant de fleur en fleur ; il a leur fraîcheur, comme il a leur éclat ; il vit de leur nectar, et n'habite que les climats où sans cesse elles se renouvellent. C'est dans les contrées les plus chaudes du Nouveau-Monde que se trouvent toutes les espèces d'oiseaux-mouches. Ils paraissent confinés entre les deux tropiques ; car ceux qui s'avancent, en été, dans les zônes tempérées, n'y font qu'un court séjour ; ils semblent suivre le soleil, s'avancer, se retirer avec lui, et voler sur l'aile des zéphirs, à la suite d'un printemps éternel. Les Indiens, frappés de l'éclat et du feu que rendent les couleurs de ces brillants oiseaux, leur avaient donné les noms de rayons ou cheveux du soleil. »

» Nous nous arrêterons à cette seule espèce. C'est le plus petit des oiseaux-mouches, à peine long de quinze lignes, sur lesquelles le bec en occupe trois et la queue quatre. Le corps est en dessus vert doré brun, avec des reflets rougeâtres ; le ventre blanchâtre, le bec et les pieds noirs. Je vous les donne, mes chers enfants, tous les quatre, avec l'oiseau du paradis, le grimpereau et le colibri ; placez-les dans votre chambre d'étude. Voilà bien long temps que je vous les réservais, et que je les tenais cachés à tous les yeux, en attendant que vous fussiez en âge de vous occuper d'histoire naturelle.

JULES.

Merci, merci, papa ! Nous allons en avoir bien soin. Pauvres petits, comme ils sont jolis !

THÉRÈSE

Comme leur plumage est doux et soyeux !

M. DE LUÇON.

Oui. Mais, Thérèse, ne touche pas ainsi aux plumes : elles sont souvent saupoudrées d'arsenic, qui est un poison employé pour leur conservation et pour en chasser les insectes, qui ne manqueraient pas de les dévorer. Il ne faut pas toucher avec la main les objets empaillés, mais seulement les épousseter légèrement et souffler dessus ; au reste, je vous donnerai des cylindres en verre, qui seuls peuvent aider à

les conserver et les préserver de la poussière, sans vous priver du plaisir de les voir à tous les instants du jour.

» Allez, enfants, terminer vos autres études. Nous avons épuisé maintenant l'ordre des passereaux les plus connus; demain nous passerons au troisième ordre des oiseaux qui ne perchent pas, les grimpeurs. »

V

JULES.

Des oiseaux qui ne perchent pas ; comprends-u cela,
Thérèse ?

THÉRÈSE.

Depuis hier je ne pense pas à autre chose : je croyais que
tous les oiseaux se tenaient sur les branches, volaient et des-
cendaient quelquefois à terre pour chercher leur nourriture;
mais ne pas se percher, je n'y suis plus du tout.

JULES.

Il me tarde de connaître ces oiseaux. Allons vite trouver

papa : je suis curieux d'apprendre les noms de ces êtres sur-
naturels.

Les enfants furent promptement auprès de M. de Luçon, et
lui exprimèrent leur impatience de faire connaissance avec
ces oiseaux grimpeurs, qui, leur avait-il dit, la veille, ne
perchent pas. M. de Luçon ne put s'empêcher de rire, et leur
montrant un gros volume rempli de gravures représentant
des pics-verts, des torcols et des perroquets :

M. DE LUÇON.

— Voyez, leur dit-il; les voilà ces animaux qui vous intri-
guent tant : ce sont tout simplement les perroquets, que vous
connaissez, et quelques autres espèces que vous connaîtrez
bientôt.

JULES.

Mais ils perchent tous.

M. DE LUÇON.

Oui et non. Ils ne sont pas faits pour se percher, et quand,
par hasard, ils sont sur une branche, c'est exception, et ils
ne sont pas fort à leur aise; ils sont heureux, au contraire,
lorsqu'ils montent et descendent le long de l'écorce des arbres.

THÉRÈSE.

Mais pourquoi les nommer grimpeurs seulement, puisqu'ils
perchent aussi, au besoin.

M. DE LUÇON

Ma chère enfant, lorsque les naturalistes ont eu à classer chaque race par ordre, il a bien fallu se baser sur quelque chose. A leur forme, à la structure de leurs pattes, à leurs habitudes, vous allez voir, en m'écoutant et en regardant ces gravures, qu'ils méritent bien le nom de grimpeurs.

» C'est le troisième ordre des oiseaux. Regardez bien : cet ordre se compose des oiseaux dont le doigt externe se dirige en arrière comme le pouce, d'où résulte pour eux un appui plus solide, que quelques genres mettent à profit pour se cramponner autour des arbres et y grimper. Les oiseaux de cet ordre nichent, en général, dans les troncs des vieux arbres ; leur vol est médiocre ; leur nourriture consiste en insectes et en fruits.

» Regardez cette espèce appelée pics : ce sont des oiseaux bien caractérisés par leur bec long, droit, anguleux et comprimé en coin à son extrémité, et propre à fendre l'écorce des arbres ; par leur langue grêle, armée, vers le bout, d'épines recourbées en arrière, et qui peut sortir hors du bec ; enfin par leur queue, composée de dix pennes à tiges roides et élastiques, qui les soutiennent en arc-boutant lorsqu'ils grimpent le long des arbres. Ce sont les oiseaux grimpeurs par excellence ; ils se portent dans toutes les directions sur l'écorce des arbres, qu'ils frappent de leur bec, et dans les fentes et les trous, dans lesquels ils enfoncent leur longue langue enduite d'un suc visqueux, fourni par de grosses glandes salivaires, pour y prendre des larves d'insectes dont ils se nourrissent. Craintifs et rusés, ils vivent, en général, solitaires. Au temps de leurs nids, ils appellent la femelle en frappant rapidement sur une branche sèche. Ils nichent une fois par an dans des trous d'arbres, et les deux sexes couvent alternativement. On en trouve en France six espèces.

JULES.

Ah! le beau vert et rouge! Quel bec il a!

M. DE LUÇON.

C'est le pic-vert, un de nos plus beaux oiseaux, grand comme une tourterelle, vert dessus, blanchâtre dessous, avec une calotte rouge et le croupion jaune. Il aime les bois de plaine peu épais, niche dans les trous des arbres, au moins à sept ou huit pieds de la terre, et nous quitte aux approches de l'hiver.

» Le grand pic-noir, le pic-vert à tête grise, le grand épièche, le moyen épièche et le petit épièche, que vous voyez à la suite, sont tous des grimpeurs, qui ne perchent presque jamais.

THÉRÈSE.

Que celui-ci est joli! Il a le cou allongé.

M. DE LUÇON.

C'est le torcol. Ces oiseaux ont la langue comme les pics-verts, mais dépourvue d'épines ; leur bec, droit et pointu, ne présente pas d'angles bien sensibles, et n'est pas assez fort pour entamer les arbres et soulever les écorces ; la queue n'a que des pennes de forme ordinaire. Ils vivent d'insectes comme les pics, mais sont moins grimpeurs. Nous en avons un, dans toute l'Europe tempérée : c'est le torcol d'Europe ; voici sa gravure : il a la taille d'une allouette ; il est brun en dessus et joliment verniculé de petites ondes noirâtres et de mèches longitudinales fauves et noires, blanchâtres ; il est rayé transversalement de noirâtre en dessous.

» C'est un oiseau solitaire, qui aime les bois montagneux, arrive chez nous en mai pour en partir en septembre, et pond, sans faire de nid, dans les trous d'arbres, peu de temps après son arrivée. Le nom de torcol lui a été donné à cause d'un signe ou plutôt d'une habitude qui n'appartient qu'à lui : c'est de tordre ou de tourner son cou de côté et en arrière, la tête renversée vers le dos et les yeux à demi fermés pendant tout le temps que dure ce mouvement, qui n'a rien de précipité, et qui est, au contraire, lent, sinueux et tout semblable aux replis ondoyants d'un reptile.

» Ah ! voici les coucous, que vous entendez dans nos bois : ils ont le bec médiocre, assez fendue et légèrement arqué ; les tarses courts, la queue longue, composée de dix pennes. Ce sont des oiseaux voyageurs qui vivent d'insectes. Ils sont célèbres par l'habitude singulière de déposer leurs œufs dans le nid d'autres oiseaux insectivores. Il paraît qu'ils pondent à terre, et qu'ils transportent leurs œufs avec leur bec ou leurs serres. Ils n'en introduisent qu'un dans chaque nid, mais les déposent tous dans des nids voisins, et ne cessent, dit-on, de les surveiller. L'oiseau dans le nid duquel l'œuf du coucou a été introduit le couve avec les siens propres ; mais lorsque le coucou, ce qui n'est pas rare, a commencé par détruire les œufs de son hôte, il continue ses soins au jeune coucou jusqu'au moment où il est assez fort pour sortir du nid. A cette époque, le petit étranger prend sa volée , et rejoint ses parents, avec lesquels il reste jusqu'à ce que son éducation soit terminée.

THÉRÈSE.

Voilà un coucou bien paresseux, plutôt que de faire son nid lui-même.

M. DE LUÇON.

Il y a des gens comme cela dans le monde. J'ai eu un de mes amis de collége, vieux garçon, qui était de cette famille. Il voyageait souvent, ne couchait jamais à l'hôtel, et passait sa vie à manger et à dormir chez ses amis de tous les pays. On l'appelait M. Sans-Gêne ; son type a même servi de sujet pour une pièce de comédie fort amusante. Toutes les fois que je le rencontrais, je pensais au coucou et à ses mœurs

» Maintenant regardez bien ; voici vos amis les perroquets, les jacos. Ils ont le bec dur, gros, solide, arrondi de toutes parts, entouré à sa base d'une membrane où sont percées les narines, la langue, le plus souvent épaisse, charnue et ar-rondie ; ils paraissent être les plus favorisés de tous les oiseaux sous le rapport de l'intelligence, et la conformation de leurs pattes leur permet de saisir les objets avec beaucoup de facilité. Leur habilité et leur penchant à imiter la voix des autres animaux et celle de l'homme les ont dès longtemps rendus célèbres. L'intérêt que présente leur étude me détermine à entrer, à leur égard, dans quelques détails qui, j'en suis sûr, vous intéresseront.

» Ils ont éminemment le caractère de l'ordre dans lequel ils sont placés, c'est-à-dire que leurs doigts, constamment au nombre de quatre et robustes, sont opposés deux à deux, et armés d'ongles solides et assez crochus, quoique moins cependant que les ongles des oiseaux de proie ; les ailes sont généralement assez courtes ; la queue varie beaucoup plus dans sa longueur et sa forme , les couleurs du plumage sont presque toujours brillantes.

» La tête de ces oiseaux est volumineuse et arrondie, indice extérieur du développement de leur cerveau ; le bec est très-mobile, formé d'une corne très-dure, très-épaisse , et dont les couleurs varient entre le noir et le brun, le gris de corne, le jaune et le rouge.

» Les yeux sont médiocrement grands et placés latéralement ; la couleur de l'iris varie selon les espèces : quelquesunes l'ont jaune d'or, d'autres gris de perle, d'autres orangé, rouge ou brun ; en général, on remarque que sa teinte devient plus foncée avec l'âge. Une particularité qui est propre aux perroquets, c'est de pouvoir plus ou moins contracter leurs prunelles, indépendamment de l'action de la lumière , lorsqu'ils portent leur attention sur quelque objet, ou bien qu'ils éprouvent quelque mouvement intérieur subit, tel que la peur et la colère, ou même quand ils jouent. Ces oiseaux sont d'ailleurs évidemment diurnes. Les couleurs du plumage des perroquets sont extrêmement diverses, et presque toujours dures et brillantes ; souvent les femelles diffèrent des mâles sous ce rapport, et les jeunes présentent souvent aussi, même après les premières mues, des caractères qui leur sont propres. En général, le vert est la couleur dominante, puis vient le rouge, ensuite le bleu, et enfin le jaune. Cette dernière couleur paraît souvent remplacer chez ces oiseaux le blanc qui se voit chez les autres, et l'on remarque que plusieurs d'entre eux, dont le plumage est ordinairement vert, rouge, ont, comme les oiseaux ordinaires, des variétés albines, c'est-à-dire beaucoup de blanc ; très-souvent les plumes arrachées, quelles que soient leurs couleurs, repoussent jaunes, et aussi quelquefois rouges. Le nom de tapirés est donné par les peuples des contrées où habitent les perroquets à ceux de ces oiseaux dont le plumage est aussi entremêlé de ces plumes accidentellement jaunes et rouges. Certaines espèces présentent aussi les couleurs violette, pourpre, brune ou lilas. On connaît des perroquets dont le plumage est totalement gris ; d'autres chez qui il est noir ; d'autres qui l'ont blanc. Lorsque le plumage de la femelle est semblable à celui du mâle, on remarque ordinairement que les teintes en sont un peu moins vives. La couleur du bec est quelquefois aussi différente dans les deux sexes.

» En voilà assez sur ces grands et petits jacos que vous voyez dans ce livre ; nous allons les laisser en paix grimper à leur aise aux branches des arbres de leurs beaux pays, ou bien sur leurs bâtons, où ils sont quelquefois enchaînés chez nous pour les empêcher d'oublier qu'ils sont en état de captivité.

» Maintenant nous aurons à nous occuper du quatrième ordre des oiseaux, les gallinacés, c'est-à-dire tous les habitants de nos basses-cours, nos gibiers, et d'autres encore de cet ordre considérable, que je ne pourrai que vous indiquer en gros, en ne nous arrêtant que sur les détails capables de fixer votre attention.

» Voyons, Jules, toi qui es latiniste, dis-nous un peu pourquoi les oiseaux du quatrième ordre, dont nous allons nous occuper aujourd'hui, se nomment des gallinacés.

JULES.

Je ne l'aurais peut-être pas deviné d'abord ; mais, comme tu nous as dit hier que de cet ordre dépendaient les habitants de nos basses-cours, j'ai cherché poule, dindon, coq, dans mon Dictionnaire français-latin, et j'ai trouvé, pour ce dernier, *gallus*, *galli*, le coq, les coqs, ce qui m'a fixé tout de suite, et je me suis dit alors que c'était l'histoire des coqs que tu allais nous raconter.

M. DE LUÇON.

C'est cela même, sauf une petite erreur : ce n'est pas seulement les coqs que l'ordre des gallinacés comprend, mais tous les oiseaux domestiques et autres qui offrent, par leur conformation, leurs mœurs, leurs habitudes, les mêmes allures, les mêmes propriétés et la même utilité pour l'homme que les coqs et les poules, femelles de ces derniers.

THÉRÈSE.

Ainsi les poules, les coqs-d'inde, les canards sont tous des gallinacés?

M. DE LUÇON.

Non pas : tu ajoutes les canards mal à propos : ils appartiennent à un autre ordre, les oiseaux nageurs ou aquatiques, dont nous parlerons plus tard ; au reste, je vais un peu m'étendre sur l'ordre des gallinacés, car c'est celui où l'homme trouve sa nourriture et mille autres objets d'utilité dans son ménage.

» Les gallinacés, ainsi nommés à cause de leur affinité avec le coq domestique, ont généralement, comme lui, la mandibule supérieure voûtée, les narines percées dans un large espace membraneux de la base du bec, et recouvertes par une écaille cartilagineuse ; ils ont le port lourd, les ailes courtes ; le vol est difficile dans beaucoup d'espèces, principalement chez le mâle ; on remarque à la partie postérieure du tarse, au-dessus du pouce, une saillie nommée éperon ou ergot, formée d'une épine osseuse revêtue extérieurement de corne, et qui s'allonge à mesure que l'animal vieillit. C'est à cet ordre

qu'appartiennent la plupart de nos oiseaux de basse-cour.
Aucune tribu d'oiseaux n'offre à l'homme plus de ressources
pour ses besoins et ses jouissances. La chair de beaucoup de
gallinacés est un mets sain et léger, qui restaure sans sur-
charger l'estomac; leurs plumes servent à divers usages ; on
en fait des panaches et des instruments de ménage. Ces oiseaux sont presque tous originaires des contrées chaudes des
deux continents; quoiqu'ils n'aient pas de régime exclusif,
ils vivent, en général, de graines, et pour avaler la boisson
qu'ils ont introduite dans leur bec, ils lèvent la tête en l'air.
Ils sont pulvérateurs, c'est-à-dire qu'ils aiment à se couvrir
de poussière, habitude dont le principal motif paraît être de
se débarrasser de la vermine qui les tourmente. Les sexes présentent de grandes différences dans leur plumage, du moins
jusqu'à ce que les individus aient atteint un âge avancé, époque à laquelle les femelles se revêtent quelquefois de celui
des mâles, qui est plus éclatant; ils diffèrent aussi par la taille, qui est moins grande chez la femelle, dans la plupart des
espèces. Le genre des alectors excepté, tous font par terre,
avec quelques brins de paille ou d'herbes étalés grossièrement, un nid dans lequel la femelle pond un nombre d'œufs
considérable.

» Le mâle étranger à la construction du nid et à l'incubation, l'est également, du moins pour l'ordinaire, à la nourriture de la femelle pendant qu'elle couve, et il ne s'occupe pas
davantage des petits, dont les yeux s'ouvrent à la lumière dès

l'instant de leur naissance, et qui prennent eux-mêmes leur nourriture sous la conduite et la direction de leur mère.

THÉRÈSE.

Voilà encore un vilain oiseau, bien peu attentif pour sa compagne.

M. DE LUÇON.

» Maintenant voici les paons. Ils ont pour caractère une aigrette ou une huppe sur la tête, et les couvertures de la queue du mâle plus alongées par les pennes, et pouvant se relever pour faire la roue. Chacun sait combien sont éclatantes les bardes larges et soyeuses de ces plumes et les taches en forme d'yeux qui en peignent l'extrémité. Dans le paon domestique, la tête est encore ornée d'une aigrette de plumes redressées et élargies par le bout. Ce superbe oiseau, originaire du nord et de l'Inde, paraît avoir été introduit en Europe par Alexandre. Les individus sauvages qui vivent en liberté dans leur patrie naturelle surpassent encore les nôtres par leur éclat et l'ampleur de leur queue. La durée de sa vie est d'environ vingt-cinq ans. C'est un oiseau qui se plaît sur les lieux élevés, sur la cime des tours, sur les plus grands arbres, et qui, malgré le peu d'étendue de ces ailes, fait en l'air des trajets assez considérables.

« Maintenant tournez les feuilles : après ces beaux paons en diverses attitudes, vous trouverez...

THÉRÈSE

O ciel ! les vilains dindons ! Quelle différence !

M. DE LUÇON.

N'en dites pas de mal, mes enfants : s'il n'est pas si beau, il est plus utile ; d'ailleurs lui aussi fait la roue. Voyez cet air fier et orgueilleux. Vous voyez comme ils ont la tête et le haut du cou revêtus d'une peau sans plumes, mamelonnée sous la gorge, un appendice qui prend le long du cou et sur le front, une autre appendice conique qui, sur le mâle, s'enfle et s'alonge au bas du cou, dans certains moments, comme un pinceau de poils roides.

JULES.

De quel pays nous vient cet oiseau-là ?

M. DE LUÇON.

Le dindon commun a été apporté de l'Amérique septentrionale en Europe au commencement du XVᵉ siècle. On dit qu'il a paru en France pour la première fois en 1750, au festin de Charles IX. C'est dans l'Amérique Septentrionale que l'on trouve encore le plus communément des dindons sauvages, qui s'éloignent successivement des pays mis en culture. Ils vivent en petites bandes dans les forêts, ils se nourrissent de fruits sauvages, et particulièrement des glands du chêne-vert, qui n'ont point d'amertume. Pendant tout l'été, ils font entendre leurs gloussements depuis le point du jour jusqu'au lever du soleil, moment où ils descendent des arbres, et où les mâles se pavanent aux yeux de leurs compagnes et se livrent, pour leur possession, des combats acharnés. Ces dindons sauvages sont bien plus grands et plus forts que nos dindons domestiques. La poule d'Inde n'est pas aussi féconde que la poule ordinaire ; elle ne fait que deux pontes par an, chacune de quinze à vingt œufs, la première après l'hiver, la seconde vers la fin de l'été ; assez souvent même elle n'en fait qu'une seule ; elle pond le matin, de deux jours l'un, quelquefois tous les jours. Les œufs sont blancs, avec quelques petites taches d'un jaune rougâtre. Le dindon huppé n'est qu'une variété du dindon commun analogue à celle du coq huppé dans l'espèce du coq ordinaire.

THÉRÈSE.

Quelles jolies poules je trouve ensuite ! je n'en ai jamais vu de semblables.

M. DE LUÇON.

Ce sont les peintades, originaires d'Afrique, répandues en Europe, où elles vivent en domesticité depuis la fin du xv⁰ siècle. La peintade a vingt deux pouces environ de longueur, et sa grosseur est à peu près la même que celle d'une poule ordinaire, tandis que ses formes se rapprochent beaucoup de celle d'une perdrix. Elle a le plumage ardoisé, couvert partout de taches rondes et blanches. La peintade, dont les ailes sont fort courtes, ne vole long-temps ni fort haut ; mais elle court avec une grande vitesse: elle cherche néanmoins les arbres pour s'y percher , et dans l'état de domesticité, elle aime à se tenir sur le comble des maisons. Son cri aigu et perçant est d'autant plus désagréable qu'elle le fait entendre sans cesse. C'est, du reste, un animal vif, inquiet et turbulent. Dans nos basses-cours, il se rend maître des autres espèces de volailles, qui redoutent son humeur querelleuse et ses violents coups de bec. Il est difficile d'accoutumer les peinta-des domestiques à pondre dans les poulailler, et elles en pondent successivement jusqu'à cent, si l'on a la précaution, en les enlevant, dans laisser toujours un dans le nid. Ces œufs sont rougâtres, plus petits que ceux des poules, mais très-bons à manger. Les peintadeaux sont très-délicats, et difficiles à élever dans nos climats. On leur donne pour nour-riture du milet et autres graines, des insectes et des vers. Tel est aussi le régime de la peintade adulte. Sa chair, qui est très-savoureuse, faisait les délices des Romains : ce n'est pas de nos jours un mets aussi recherché, du moins dans notre pays.

» Maintenant, mes chers enfants, voici le plus fier de nos oiseaux domestiques, le roi de nos basses-cours, le coq.

» C'est à ce genre qu'appartient l'espèce de gallinacés q peuplent toutes nos basses-cours. Cette espèce varie à l'infin, pour la taille et la couleur. Ecoutez ce que dit Buffon, le grand peintre de la nature. Le coq , dit-il , est un oiseau pesant, dont la marche est grave et lente, et, ayant les ailes fort courtes, ne vole que rarement, et quelquefois avec des cris qui expriment l'effort. Son chant est différent de celui de la femelle, quoiqu'il y ait aussi quelques femelles qui ont le même cri que celui du coq, c'est-à-dire qui font même effort de gosier avec un moindre effet; il gratte la terre pour chercher sa nourriture, il boit en prenant de l'eau dans son bec et levant la tête à chaque fois pour l'avaler; il dort le plus souvent un pied en l'air, et en cachant sa tête sous l'aile du même côté.

» Un bon coq est celui qui a du feu dans les yeux, de la fierté dans la démarche, de la liberté dans les mouvements, et toutes les proportions qui indiquent la force. Les poules pondent indifféremment pendant toute l'année, excepté le temps de la mue, qui dure ordinairement six semaines ou deux mois, sur la fin de l'automne et au commencement de l'hiver. La fécondité ordinaire des poules consiste à pondre presque tous les jours. Dans la plupart des poules, le besoin de couver se marque au-dehors par des signes énergiques. Une poule qui vient de pondre éprouve une sorte de transport que partagent les autres poules qui n'en sont pas témoins, et qu'elles expriment toutes par des cris de joie répétés, soit que la cessation subite des douleurs de la poule soit toujours accompagnée d'une joie vive, soit que cette mère prévoie dès-lors tous les plaisirs que ce premier plaisir lui procure. Quoi qu'il en soit, lorsqu'elle aura pondu vingt-cinq ou trente œufs, elle se mettra tout d'abord à les couver; si on les lui

ôte à mesure, elle pondra peut-être deux ou trois fois davantage, et s'épuisera par sa fécondité même ; mais enfin il vien-
dra un temps où, par la force de l'instinct, elle demande à
couver par un gloussement particulier et par des mouvements
et des attitudes non équivoques. Si elle n'a pas ses propres
œufs, elle couvera ceux d'une autre poule, et, à défaut de
ceux-là, ceux d'une femelle d'une autre espèce, et même des
œufs de pierre ou de craie ; elle couvera encore après que
tout lui aura été enlevé, et se consumera en regrets et en
vains mouvements. Si ses recherches sont heureuses, et
qu'elle trouve des œufs vrais, ou feints, dans un lieu retiré
et convenable, elle se pose aussitôt dessus, les environne de
ses ailes, les chauffe de sa chaleur, les remue doucement les
uns après les autres, comme pour en jouir plus en détail et
leur communiquer à tous un égal degré de chaleur; elle se
livre tellement à cette occupation qu'elle oublie le boire et le
manger. On dirait qu'elle comprend toute l'importance de la
fonction qu'elle exerce : aucun soin n'est omis, aucune précaution n'est oubliée pour achever l'existence de ces petits
êtres commencés, et pour écarter les dangers qui les envi-
ronnent. On juge bien que cette mère, qui a montré tant d'ardeur pour les couver, qui a couvé avec tant d'assiduité, qui
a soigné avec tant d'intérêt des embrions qui n'existaient
point encore pour elle, ne se refroidit pas lorsque les poussins
sont éclos. Son attachement, fortifié par la vue de ces petits
êtres qui lui doivent la naissance, s'accroît toujours par les
nouveaux soins qu'exige leur faiblesse. Sans cesse occupée

Jules et Thérèse.

d'eux, elle ne cherche de la nourriture que pour eux ; si elle n'en trouve point, elle gratte la terre avec ses ongles pour lui arracher les aliments qu'elle recèle dans son sein, et elle s'en prive en leur faveur. Elle les rappelle lorsqu'ils s'égarent, les met sous ses ailes, à l'abri des intempéries, et les couve une seconde fois. Elle se livre à ces tendres soins avec tant d'ardeur et de souci que sa constitution en est si sensiblement altérée, qu'il est facile de distinguer de toute autre poule une mère qui mène ses petits, soit à ses plumes hérissées et à ses ailes traînantes, soit au son enroué de sa voix et à ses différentes inflexions toutes expressives, et ayant toutes une empreinte de sollicitude et d'affections maternelles. Mais disons de suite un mot des faisans, cet autre coqs des bois, dont on fait tant de cas sur nos tables. Ils ont le tour des yeux nus et les joues couvertes de mamelons verrugueux ou de plumes très-courtes ; ils sont privés de crête sur la tête, et de barbillons à la mandibule inférieure.

Le faisan commun, si recherché comme gibier, est, dit-on, originaire de la Colchide, aujourd'hui Mingrélie, où il vivait sur les bords du Phase, et d'où les Argonautes passaient, chez les anciens, pour l'avoir rapporté. Il est aujourd'hui répandu dans tout l'ancien continent. Dans nos pays tempérés, on l'élève dans les parcs avant de le lâcher dans la campagne. On dit qu'il se trouve à l'état sauvage dans les montagnes du Dauphiné et dans celles du Forez, dans les forêts de Loches et de Chinon, etc. C'est un animal extrêmement farouche, qu'il est presque impossible d'apprivoiser et qui devient furieux quand on le prive de sa liberté. Il aime à vivre isolé, et ne se rapproche de ceux de son espèce que dans la saison de la ponte, au commencement du printemps. La ponte est de douze à quinze œufs, plus petits que ceux de la poule, et d'un gris verdâtre taché de brun. L'incubation est de vingt-trois à vingt-cinq jours ; la durée de leur vie est de six à sept ans.

» Nous devons à la Chine trois espèces : ce sont le faisan à collier, le faisan argenté, le faisan doré.

» Arrêtons-nous ici : la liste des gallinacés est si longue que nous pouvons en remettre la suite à demain. »

VI

M. DE LUÇON.

Ah! ah! mes petits curieux, j'étais bien sûr de vous voir
de bonne heure, pour entendre la suite de l'histoire de nos
volailles et de nos gibiers. Nous voilà justement arrivés aux
pauvres perdrix, que les chasseurs tuent si cruellement, et
que les petits paysans, et même les grands, prennent au
filet ou au collet, et dont nous autres humains, chasseurs ou
non chasseurs, carnassiers et gourmands, nous nous ré-
galons.

JULES.

Cela est certainement bien mal de manger tous ces pauvres

animaux; mais puisque tout le monde le fait, et que c'est un parti pris, sur la terre, de se manger les uns les autres, j'aime mieux être dans la classe des mangeurs que dans celle des mangés.

M. DE LUÇON.

Voilà ce qui s'appelle prendre le bon parti. Nous allons voir si ces pauvres perdrix, dont les mœurs sont si douces, ne méritaient pas un meilleur sort que celui que nous leur réservons. Prenez ce livre de gravures de Buffon, et cherchez, parmi les gallinacés, la perdrix.

THÉRÈSE.

Je la tiens. Dieu! qu'elle est jolie, et qu'elle est grasse! Elle fait la poule!

M. DE LUÇON.

Voyez comme elle a le bec et les pieds cendrés, la tête fauve; le plumage nuancé de différents gris. Une tache marron se trouve sur la tête du mâle. Elle se plaît dans les pays de plaine, où elle peut trouver de grandes prairies et des champs de blé; elle vit par troupes, que les chasseurs nomment volée ou compagnie. Elle ne se retire dans les vignes ou dans les taillis que lorsqu'elle y est forcée par les chasseurs; mais elle revient toujours dans la plaine, où elle dort sur la terre, car elle ne perche jamais.

» Cet état social dure jusqu'au mois d'avril. Si les chasseurs séparent une bande, bientôt ils entendent le cri de rappel, *ki ric*, et la compagnie ne tarde pas à se rassembler de nouveau ; mais le printemps vient détruire une si paisible union. Les mâles se livrent entre eux des combats opiniâtres, s'emparent chacun d'une femelle, et chaque couple se retire à part pour s'occuper de la nouvelle famille qu'il se propose d'élever bientôt. La femelle ne prend pas beaucoup de peine pour former, sur la terre, au milieu d'un champ, son nid ; elle se contente de rassembler quelques brins d'herbe dans un trou profond : c'est là qu'elle dépose quinze à vingt œufs, d'un jaune verdâtre, qu'elle couve pendant trois semaines. Quoique son mâle ne l'aide pas dans les soins de l'incubation, il lui garde une constante fidélité, et on ne le voit jamais, durant tout ce temps, poursuivre une autre femelle. Il ne s'éloigne pas du nid, et semble rester en sentinelle pour donner l'alarme et combattre en cas de danger. Ses petits éclosent vers la fin de juin et courent aussitôt après la sortie de l'œuf ; le mâle et la femelle conduisent ensemble la couvée , et cachent tous deux leurs petits sous leurs ailes. Ils les défendent avec beaucoup de courage, et quelquefois savent user de ruse. On voit le mâle se présenter au-devant du chien qui s'emporte après sa famille, traînant l'aile, contrefaisant le boiteux, ne fuyant que tout juste pour n'être pas pris, mais pas assez pour dégoûter le chasseur et le faire renoncer à sa poursuite. Peu de temps après que le mâle s'est levé, la femelle s'envole dans une autre direction, s'abat assez loin, et revient en courant très-vite auprès de ses petits, qu'elle rassemble par un cri particulier. La famille vit ainsi réunie en compagnie jusqu'au mois d'avril suivant. Ces oiseaux se nourrissent d'insectes, surtout pendant leur premièr jeunesse; ils vivent ensuite de graines, et surtout de blé. Les renards, les faucons, les corbeaux, sont 'es animaux les plus nuisibles aux perdrix. Nous avons encore aux environs de Paris la perdrix rouge, un peu plus grosse que la grise; elle est beaucoup moins sociable, mais aussi est elle plus rare et beaucoup plus recherchée, comme mets délicat pour nos tables.

HÉRÈSE.

Et cette perdrix que je vois sur la gravure qui suit?

M. DE LUÇON.

Ce n'est plus une perdrix, c'est une caille: elle est plus petite que les précédentes. Cette espèce se trouve dans toute l'Europe, dans une partie de l'Asie et en Afrique. Elle traverse ainsi deux fois par an la Méditerranée. Elle part par troupes, et ordinairement au clair de la lune. Le vol lourd de ces oiseaux rend bien singulière une telle traversée; mais on ne peut la révoquer en doute, puisqu'elle est parfaitement attestée. Cet instinct voyageur est tellement prononcé que les individus captifs, même ceux qui ont été pris dès leur naissance, ne cessent, à l'époque de ces voyages, de s'agiter toutes les nuits pendant un mois, et de frapper avec une violence extrême les barreaux de leur prison. Ce qu'il y a de plus singulier, c'est que ces diverses émigrations ne trouvent pas leurs motifs, comme celles des oiseaux insectivores, dans le manque de nourriture, puisque le régime de la caille est le mê ne que celui de la perdrix grise; ni même, à ce qu'il paraît, dans la crainte des températures excessives, puisqu'on les a vues passer, sans avoir l'air d'en souffrir, des hivers très-rigoureux dans une chambre sans feu. En automne, il en reste quelquefois dans nos contrées, soit qu'elles n'aient pas eu la force de suivre les autres, soit qu'au moment du départ elles cherchent, pendant l'hiver, les expositions les moins fraîches et les contrées les plus favorables pour trouver de la nourriture. On attribue leur grande quantité de graisse au long repos qu'elles prennent pendant le jour, restant jusqu'à quatre heures de suite dans la même place, couchées sur le côté, et les pattes étendues. Leur vie ne dure guère que cinq ans. La caille est un des gibiers les plus estimés ; sa chair et sa graisse sont d'un goût exquis. Elle ne produit jamais en captivité.

JULES.

Alors à quoi sert de les tenir enfermées ? Ne vaudrait-il pas mieux leur donner la clef des champs ?

M. DE LUÇON.

On voit bien que tu n'es pas encore c'asseur. Quand tu

4.

auras le goût de la chasse, tu sauras que l'homme tourne tout à son profit; qu'une pauvre femelle de caille, qui n'est bonne à rien en cage, est précieuse à garder pour le chasseur qui veut en profiter pour la faire appeler les mâles qui sont dans la plaine. Il la place dans une cage ou dans un sabot recouvert d'un drap avec un petit trou, par lequel la caille passe sa tête, et, poussant un cri d'appel, elle attire les mâles, qui tombent sous les coups ou dans les filets du chasseur.

JULES.

Voici les pigeons, je les reconnais; mais ils sont bien plus petits, il me semble, que ceux que nous trouvons chez madame Baudry, qui en élève de si beaux dans son château de Sucy.

M. DE LUÇON.

Ceux-ci ne sont pas de la même espèce, ce sont les pigeons sauvages, nous verrons les autres ensuite. Nous aurions dû commencer par les pigeons avant de parler des perdrix; car ce sont des oiseaux. en quelque sorte, intermédiaires entre les gallinacés et les passereaux. Comme les premiers, ils ont le bec voûté, les narines percées dans un large espace membraneux, et couvertes d'une écaille cartilagineuse, qui même forme un renflement à la base du bec; mais leurs doigts, au nombre de trois devant et un derrière, sont complétement libres. Leur queue n'a le plus souvent que douze et quelquefois quatorze pennes; leur forme générale, comme leurs mœurs, s'éloigne de celles des gallinacés. Ce sont des oiseaux

diurnes et paisibles, vivant de fruits pulbeux, de graines ;
rarement de limaçons et d'insectes. Lorsqu'ils veule.t étan
cher leur soif, ils plongent leur bec dans l'eau et aspirent ordinairement d'un seul trait et sans relever la tête. Ils sont
éminemment monogames, c'est-à-dire qu'ils ne se marient
qu'une fois, et leurs unions une fois formées, ne sont détrui-
tes que par la mort. Le mâle et la femelle se témoignent mu-
tuellement la plus vive tendresse ; ils expriment leurs désirs
par de fréquentes caresses et par les accents de leur voix ,
que ses modulations et son timbre ont fait désigner sous le
nom de *roucoulement*. Tous deux concourent à la construction
du nid, et le placent, selon les espèces, tantôt sur les som-
mets des plus grands arbres, tantôt dans les buissons , et
même à terre ; d'autres fois, dans des cavités de rochers. Ce
ni¹, assez grossièrement composé de petites branches et de
feuilles, est très-évasé, et ne reçoit ordinairement que deux
œufs. Il y en a presque toujours un qui produit un mâle, tandis que l'autre donne naissance à une femelle. Ces pigeons,
élevés ensemble, restent appareillés pour toujours. Lorsque
l s petits sont nés, le père et la mère les veillent avec la
plus grande assiduité, et ils ont besoin de ces soins ; car ils
sont presque nus et aveugles, très-faibles, et non pas, comme
les jeunes gallinacés, tout prêts à courir et à chercher leur
nourriture : aussi le père et la mère leur dégorgent-ils les
aliments qu'ils ont amassés dans leur jabot. Les pigeons font
chaque année deux ou trois couvées, et, après la dernière ,
ils quittent, du moins pour la plupart, les climats où ils ni-

chent, et gagnent des régions plus méridionales : les lisières les forêts et le voisinage des eaux paraissent leur convenir principalement. Ils ne vont guère en troupes nombreuses que dans leur émigration. Leur vol est lourd et bruyant, mais se soutient longtemps ; leur chair est savoureuse et généralement estimée. On en connaît plus de cent espèces; mais nous n'en avons que quatre en Europe. Nous avons d'abord le pigeon ramier : c'est la plus grande espèce. Il habite dans les forêts, surtout dans celles d'arbres verts. Il est d'un cendré plus ou moins bleuâtre; la poitrine, d'un roux vineux. Il se distingue à des taches blanches sur les côtés du cou et à l'aile. Il est voyageur, et quitte nos contrées dans le mois de mars ; quelques individus néanmoins passent chez nous l'hiver. C'est un oiseau très-défiant et qui se laisse rarement approcher ; il se nourrit de farine, de glands, de baies diverses, et même de bourgeons d'arbres, faute d'autre chose. En captivité, même très-jeunes, les ramiers ne produisent jamais.

THÉRÈSE

Mais cependant j'ai vu des petits dans le colombier.

M. DE LUÇON.

C'est une autre espèce, appelée le colombin ou petit ramier. Il y a encore le biset ou pigeon de roche; enfin la tourterelle, notre plus petite espèce, à manteau fauve, tacheté de brun ; à son cou bleuâtre, avec une tache de chaque côté, maillée de

noir et de blanc. Elle nous quitte à la fin de l'été pour se porter plus au sud, et nous revient au commencement de mai
Elle habite nos bois, où elle niche, dans les parties fraîches
et sombres, tantôt sur les sommités des grands arbres, tantôt, mais plus rarement, dans les taillis.

» Les tourterelles vivent par paire; cependant elles se réunissent en petites troupes et voyagent de même. Elles se témoignent leur joie l'une à l'autre par un roucoulement plaintif et continuel. Vous connaissez tous deux la tourterelle à
collier ; c'est celle que vous élevez en cage depuis une année.
Elle est originaire d'Afrique et de l'Inde, blonde, plus pâle en
dessus, avec un collier noir sur la nuque. Elle est un peu
plus petite que la tourterelle ; mais elle a les mêmes mœurs et
produits avec elle des mulets inféconds.

On l'appelle encore tourterelle rieuse, parce que le roucoulement du mâle a quelque ressemblance avec un éclat de
rire.

THÉRÈSE.

Oui, c'est vrai, elle ricane lorsqu'elle s'échappe des mains
mais elle fait, comme tu sais, son roucoulement éternel, qui
ne nous amuse pas toujours.

M. DE LUÇON.

Elle s'amuse bien moins encore, la pauvre petite prisonniè-
re, ainsi enfermée dans votre prison de fil de fer ; elle appell

son mâle, et mourra un jour ou l'autre d'ennui et de chagrin. Nous avons à peu près terminé l'histoire des gallinacés les plus connus ; passons maintenant au cinquième ordre, celui des échassiers.

JULES.

Voilà un nom qui parle tout seul : échassiers, montés sur des échasses.

THÉRÈSE (*riant*).

Que mon frère est donc savant ! voilà qu'il fait monter les oiseaux sur des échasses.

M. DE LUÇON.

C'est le nom qui le trompe. Les naturalistes ont dû séparer ainsi les oiseaux qui ont de longues pattes, ou seulement ceux qui ont le bas des jambes nu et sans plumes, et le plus souvent à la hauteur de leurs tarses ; deux circonstances qui leur permettent d'entrer dans l'eau jusqu'à une certaine profondeur sans se mouiller les plumes, d'y marcher à gué et pêcher au moyen de leur cou et de leur bec, dont la longueur est généralement proportionnée à celle des jambes Ceux qui ont le bec fort vivent de poissons et de reptiles ; ceux qui l'ont faible, de vers et d'insectes. Très peu prennent des aliments végétaux ; et ceux-là mêmes vivent éloignés des eaux. Le nombre des doigts est de deux ou trois, tous devant et un derrière. Le plus souvent, le doigt extérieur est uni, par sa base, à celui du milieu, au moyen d'une courte membrane. Quelquefois il y a deux membranes semblables ; d'autres fois il n'y en pas du tout, et les doigts sont complétement séparés. Presque tous ces oiseaux ont les ailes longues et volent bien. Ils étendent leurs jambes en arrière lorsqu'ils volent, au contraire des autres qui les replient sur le ventre. Sont de cet ordre les autruches, qui ont les ailes revêtues de plumes lâches et flexibles, insuffisantes pour voler ; mais assez longues pour accélérer leur course : ces plumes sont revêtues de bardes qui forment, sur les côtés du corps, des espèces de panaches d'une élégance extrême. Le bec est déprimé horizontalement, de longueur médiocre ; l'œil rond, avec des paupières garnies de cils ; les jambes et leurs tarses sont très-élevés, leur jabot est énorme ; ce sont les seuls oiseaux qui ruminent. On connaît deux espèces d'autruches, dont l'une appartient à l'autre continent.

JULES.

En voici la gravure. Comme elle est grande et belle ! C'est dommage qu'elle ait une si petite tête avec un aussi gros corps.

M. DE LUÇON.

Celle-ci est l'autruche de l'ancien continent ; c'est la plus gros de tous les oiseaux : elle atteint sept à huit pieds de hauteur, et pèse jusqu'à quatre-vingts livres. Elle a la tête fort petite, chauve et calleuse à la partie supérieure. Ses pieds n'ont que deux doigts, dont l'externe, plus court de moitié que l'autre, manque d'ongle. Cette espèce préfère pour séjour les contrées les plus arides de la terre, les sables et les solitudes de l'Arabie et de l'Afrique centrale, où elle vit souvent par troupes. Par l'élévation de ses jambes et la longueur de son cou, aussi bien que par les lieux qu'elle habite, elle rappelle naturellement le chameau ; aussi les Orientaux l'appellent-ils dans toutes leurs langues l'oiseau chameau. Elle l'emport par la vitesse de sa course sur tous les autres animaux ; elle a l'ouïe fine et la vue perçante, mais le goût et l'odorat très-obtus ; aussi elle avale non-seulement des herbes et matières animales, mais aussi des pierres et même des métaux. Les Arabes disent qu'elle ne boit jamais, et la rareté de l'eau dans les lieux de son séjour prouve au moins qu'elle boit très-peu. Cependant on en a vu une au Jardin-des-Plantes de Paris qui consommait chaque jour plusieurs pintes d'eau. Elle fait rarement entendre sa voix, que l'on compare à un gémissement, ou au rugissement du lion; mais affaibli et moins prolongé. Ce sont des animaux peu intelligents et fort doux, qui n'attaquent jamais et ne se défendent que par la fuite. Ces oiseaux pondent des œufs pesant près de trois livres, et dans les pays les plus brûlants; ils se bornent à les exposer dans le sable, à la chaleur du soleil ; mais ils couvent dans les endroits plus temérés ; ils les surveillent et les défendent partout avec courage. Les autruches s'apprivoisent assez facilement; on en a quelquefois domptées, au point de les monter comme des chevaux. Les Romains esti-

maient beaucoup leur chair ; les anciens Juifs s'en abste-
naient en vertu d'une loi de Moïse, et les Arabes de nos
jours s'en abstiennent encore pour obéir au Coran. Les plumes d'autruche sont au nombre des ornements de parure
les plus beaux et les plus recherchés.

THÉRÈSE.

Je remarque une chose qui prouve bien, comme tu nous le
disais l'autre jour, que tout est bien fait par la Providence :
tous ces oiseaux à longues pattes, les échassiers, comme tu
les appelles, ont tous, soit au moyen du cou, soit par la longueur du bec, la faculté d'atteindre tout ce qui leur est
nécessaire. Sans cette précaution de la nature, ils ne pour-
raient ni boire ni manger commodément.

M. DE LUÇON.

Je suis bien aise, ma chère enfant que tu aies fait cette remarque, cela prouve ton attention à m'écouter. Ton observa-
tion est juste, et j'avais oublié de vous faire remarquer cette
admirable prévoyance de la nature. Il en est ainsi des plu-
viers, qui ont cependant le bec plus court que la tête, renflé
seulement en dessus, grêle, droit et comprimé ; les narines
couvertes d'une membrane et s'ouvrant au deux tiers de la
longueur du bec ; les pieds grêles ; le doit extérieur réuni par
une petite membrane à celui du milieu, l'interne libre. Mais
comme ce sont des oiseaux de rivages, qui fréquentent habi-

tuellement les bords de la mer, les embouchures des fleuves et les marais maritimes, ils se nourrissent de crustacés et de petits mollusques qu'ils saisissent dans les sables des grèves ou des côtes, le long de la ligne des eaux qu'ils suivent constamment, en poussant un petit cri, et sans avoir besoin d'un très-grand bec ni d'un long cou ; car ils entrent rarement dans l'eau des rivières et ne chassent que sur les bords. Ils émigrent chaque année par bandes plus ou moins nombreuses ; et c'est principalement en automne, pendant les pluies, qu'on les voit en plus grand nombre, d'où leur est venu le nom qu'ils apportent. Ces oiseaux ne restent jamais tranquilles, lorsqu'ils sont à terre ; on les voit sans cesse en mouvement ; ils frappent le sol de leurs pieds pour en faire sortir les vers dont ils se nourrissent. Ils volent en formant une file étendue ou de longues zones traversales. Leur chair est délicate et estimée. Nous trouvons en France le pluvier doré, très-commun en hiver sur nos côtes, et qui se retrouve sur tout le globe. Il est long de dix pouces, noirâtre, pointillé de jaune sur le bord des plumes, à ventre blanc ; il nous quitte au printemps, et va nicher dans les contrées plus septentrionales. Il y a aussi le guinard, le pluvier à collier et quelques autres, qui ont toutes les mêmes allures et des mœurs semblables.

THÉRÈSE.

Je vois d'ici une troupe d'oiseaux à long bec. Comme ils volent en forme de V !

M. DE LUÇON.

Ce sont les grues. Elles ont le bec long, très-droit, épais, comprimé latéralement, pointu ; les tarses écussonnés, longs et forts ; trois doigts devant, un derrière ; les deux doigts externes unis par une petite palmure, l'interne tout-à-fait libre, le pouce ne portant à terre que par le bout. On trouve des grues sur tout le globe : les unes sont propres à l'ancien continent, d'autres habitent l'Amérique, surtout sa partie septentrionale. Elles évitent les températures extrêmes, et changent de climat au renouvellement des saisons. De tous les oiseaux voyageurs qui peuvent s'élever au haut des airs, ceux-ci sont les plus grands, ce sont ceux qui exécutent les plus lointaines émigrations. Ainsi que tous les grands oiseaux, elles ont quelque peine à s'élever ; elles font, pour y parvenir, quelques pas en courant, rasant la terre jusqu'à ce qu'elles soient complétement déployées ; alors elles gagnent le haut des airs en décrivant des spirales régulières, tandis qu'elles en descendent verticalement. Elles voyagent en troupes sous la direction d'un chef, et ordinairement la nuit. Pour fendre l'air avec plus de facilité, elles forment un triangle à peu près isocèle ; mais quand elles veulent résister à un vent violent, ou se mettre en défense contre les attaques de l'aigle, elles se resserrent en rond. Comme elles s'élèvent fort haut et vont de nuit, leur cri seul indique leur passage, et ce cri s'entend fréquemment, parce que c'est un cri de réclame que jette le chef pour avertir la troupe de la route qu'il tient, et que répètent les autres en lui répondant. On dit que leur vol, quand il s'abaisse, présage l'orage, et que leur cri pendant le jour sont un indice de pluie ou de tempêtes. De même qu'elles ont un chef pour les conduire, elles ont, quand elles stationnent, pendant les ténèbres, une sentinelle qui veille à la sûreté de la troupe. Tandis que toutes les autres reposent tranquillement la tête cachée sous l'aile, celle-ci reste la tête haute et l'œil aux aguets, et, si quelque chose d'inquiétant vient frapper ses regards ou son oreille, elle donne l'alarme par un cri perçant. Elles vivent principalement de vers, d'insectes, de reptiles et de petits poissons qu'elles cherchent avec leur long bec dans les endroits marécageux ; elles sont encore granivores, et c'est pourquoi on les rencontre aussi dans les champs ensemensés. Ces oiseaux choisissent pour leur nid de petites buttes de terre, des éminences de gazon, qu'ils élèvent à leur hauteur avec des herbes fines et douces, parmi lesquelles la femelle dépose deux œufs. Les deux sexes les couvent alternativement, et se tiennent tour à tour debout près de la petite butte ; en sorte que lorsque l'un d'eux est sur le nid, l'autre veille à la sûreté commune, en se promenant à peu de distance. Quoique très-farouches dans leur état naturelle, ils s'apprivoisent très-facilement.

» La grue commune est longue de quatre à cinq pieds, cendrée, a gorge noire ; le sommet de la tête est nu et rouge, le croupion orné de longues plume redressées et crépues, elles sont en partie noires. La grue quitte le nord à l'automne, et va hiverner dans le sud. On la voit en France pendant les mois de septembre, d'octobre et de novembre ; puis elle disparaît pendant l'hiver, et repasse au printemps, en mars et en avril. Sa vie est fort longue, et sa chair, surtout celle des jeunes, passe pour délicate. Les Romains en faisaient grands cas. Les anciens avaient beaucoup remarqué les oiseaux de cette espèce, et on trouve dans leurs écrits de singulières histoires à leur sujet. On connaît, par exemple, les combats des grues et des pigmées, dont il est question dans Homère et aussi dans Aristote ; frappés de ces migrations extraordinaires, qui entraînaient, chaque année, les grues d'une extrémité à l'autre du monde connu, ils les appelaient indifféremment tantôt oiseau du Libye, tantôt oiseau de Scythie.

» En voilà assez, mes chers enfants, pour aujourd'hui ; nous tâcherons de terminer demain cette histoire abrégée des oiseaux.

Le lendemain matin, les enfants allèrent en toute hâte trouver M. de Luçon, qui avait déjà préparé la dernière leçon des oiseaux ; car ils trouvèrent diverses feuilles remplies de figures d'oiseaux de toute espèce, et principalement des deux derniers ordres dont l'histoire était à terminer : des échassiers et des palmipèdes, tels que le héron, la cigogne, la bécasse, le canard, l'oie, etc.

VI

JULES.

Oh ! je les connais bien ces hérons. Tu sais, papa, nous en
avons vu un dernièrement dans le petit bois des bouleaux
de M. de Merval ; il avait l'air de dormir, nous lui avons fait
peur, et il s'est envolé je ne sais où.

M. DE LUÇON.

Oui, en effet, c'était un héron ; il était seul dans un endroit marécageux du bois. Ce sont, en général, des oiseaux tristes et solitaires. Voyons ; commençons leur histoire ; car nous avons beaucoup à faire pour terminer aujourd'hui l'histoire des échassiers et des palmides. Écoutez-moi donc.

« Ainsi que je le disais tout à l'heure, les hérons sont des oiseaux tristes, qui se perchent et même nichent souvent au bord des lacs, des rivières, où ils détruisent beaucoup de poissons. Celui que nous avons vu, l'autre jour, était le héron proprement dit, long, en totalité, de trois pieds. Il a le cou, très-long, et très-grêle, garni vers le bas de longues plumes pendantes ; le corps, étroit, efflanqué, est porté sur de hautes échasses ; car on peut bien appeler ainsi ses pattes démesurées. Il est d'un cendré bleuâtre, avec une huppe noire à l'occiput ; le devant du cou est blanc, parsemé de lames noires. Cet oiseau se trouve sur presque tous les points du globe ; il vit seul, excepté le temps où il fait son nid. Il recherche partout le voisinage des lacs, des rivières et des terrains entrecoupés d'eau.

» Solitaire et triste, il reste pendant des heures entières immobile à la même place, épiant sa proie, posé d'un seul pied sur une pierre, le corps presque droit, le cou replié le

long de la poitrine et du ventre, la tête et le bec couchés entre les épaules, qui se haussent de manière à excéder de
beaucoup la poitrine ; d'autre fois, pour guetter les poissons
et en saisir au passage, il entre dans l'eau jusqu'au-dessus du
genou, la tête entre les jambes. Après avoir ainsi patiemment
attendu, voit-il passer à sa portée une grenouille ou un pois-
son, il déploie subitement son long cou et perce de son bec
l'animal qui se trouve à sa portée. Dans la disette, il se nourrit de lentilles d'eau ou d'autres plantes ; quelque temps qu'il
fasse, il ne change pas de place et ne cherche point d'abri. Il
ne vole ordinairement point le jour ; le soir, il prend son
essor, et se retire dans les bois, d'où il revient avant le jour
C'est pendant ces trajets qu'il fait entendre dans l'air un cri
sec et aigu, qu'on pourrait comparer à celui de l'oie, s'il n'é-
tait plus bref et en même temps plus plaintif. Il fuit l'homme
de très-loin, et lorsqu'il est attaqué par l'aigle ou le faucon ,
il ne cherche à éviter leur atteinte qu'en s'élevant le plus haut
qu'il peut et en s'efforçant de gagner le dessus. Quand il veut
prendre son vol, il roidit ses jambes en arrière, renverse son
cou sur son dos et le plie en trois parties, y compris la tête
et le bec ; de façon que d'en bas on ne voit point sa tête, mais
seulement le bec, qui paraît sortir de la poitrine. Ses ailes,
plus grandes à proportion que celles d'aucun oiseau de proie,
et fort concaves, frappent l'air par un mouvement égal et
réglé qui le porte si haut, qu'il s'élève à perte de vue dans la
région des nuages. Il niche sur le sommet des arbres les plus

hauts, fait son nid de menues branches d'herbes sèches, de
joncs et de plumes ; les œufs sont au nombre de cinq, allongés et d'un vert pâle. La vie de ces animaux paraît être fort
longue. Sa chasse était autrefois le vol le plus brillant de la
fauconnerie, et les princes se réservaient comme gibier d'honneur la mauvaise chair du héron, qualifiée alors de viande
royale, et qui était servie comme un mets de parade dans les
banquets.

THÉRÈSE.

Oh ! je reconnais ici l'oiseau du bon La Fontaine :
» C'est bien elle ! Quel cou ! quel bec !

M. DE LUÇON.

Oui, c'est la cigogne de la fable. Ces oiseaux ont le bec généralement plus gros qu'on ne le représente ; il est médiocrement tendu, et près de sa base sont percées les narines. Leurs
tarses sont réticulés ; leurs pieds ont quatre doigts, trois en
avant, assez fortement placés à leur base, surtout les externes, et un arrière. Les mandibules légères et larges de leur
bec produisent un claquement, presque le seul bruit que ces
oiseaux fassent entendre. Nous en avons deux espèces, la cigogne blanche et la cigogne noire.

» La cigogne blanche a trois pieds environ de longueur,
depuis le bout du bec jusqu'à celui de la queue, et quatre
pieds depuis le bout du bec jusqu'à l'extrémité des ongles.
Son bec est long de sept pouces neuf lignes ; son envergure
est de six pieds trois pouces. Son plumage est blanc, avec les

pennes des ailes noires; le bec et les pieds sont rouges; le tour des yeux est nu et couvert d'une peau ridée d'un rouge noirâtre.

» Elle habite presque tout l'ancien continent, et se nourrit de reptiles, de poissons, d'insectes et de mollusques; elle est presque partout de passage. Elle passe l'hiver en Afrique, et surtout en Egypte, d'où elle revient, au printemps, en France et dans l'Europe septentrionale; elle est rare en Italie, et surtout en Angleterre, où l'on n'en voit qu'accidentellement. Elle évite par tous pays les contrées arides, où elle ne pourrait trouver sa subsistance. Son naturel est doux; elle n'est ni défiante ni sauvage. Elle place son nid, formé de brins de bois et de joncs, tantôt à la cîme des grands arbres ou à la pointe des rochers escarpés, tantôt sur les tours et les clochers. Chaque couple reprend, comme les hirondelles, au moment de son retour printanier, l'habitation de l'année précédente, et le même nid, quand il le retrouve. La ponte est de deux à quatre œufs, et d'un blanc jaunâtre, un peu moins gros, mais un peu plus allongés que ceux de l'oie; le mâle et la femelle les couvent alternativement; ils éclosent au bout d'un mois. Quand les petits commencent à voleter hors du nid et à s'essayer dans les airs, les parents font leur éducation avec la plus grande sollicitude : il les portent sur leurs ailes, les défendent avec courage, et ne les quittent que lorsqu'ils les voient assez forts pour pourvoir par eux-mêmes à leurs besoins et à leur sûreté. L'attachement des cigognes pour leurs petits est si fort qu'elles périssent avec eux plutôt que de les abandonner, et l'on a vu de ces oiseaux se laisser brûler avec leurs petits au milieu d'un incendie, après avoir fait pour les enlever d'inutiles efforts. A cette tendresse maternelle elles joignent une autre vertu qu'elles paraissent posséder seules parmi les oiseaux : c'est la charité envers les faibles et les vieillards. On voit souvent de jeunes cigognes apporter de la nourriture et prodiguer leurs soins aux individus de leur espèce affaiblis par l'âge ou la maladie.

THÉRÈSE.

C'est bien, cela. A la bonne heure, voilà des bêtes qui ont bon cœur, et je suis sûre que les mâles, qui savent couver aussi les œufs, donnent également des soins à leurs grands parents.

M. DE LUÇON.

Le mâle et la femelle partagent ces mêmes soins, et leurs enfants les aident avec sollicitude.

» C'est en grandes troupes que ces oiseaux exécutent leurs migrations chez nous ; par exemple, on voit, vers la fin d'août, toutes celles d'un canton s'assembler une fois par jour dans une grande plaine, puis enfin, souvent pendant la nuit, et ordinairement par un vent du nord, s'élever toutes ensemble et partir pour d'autres climats. Leur chair n'est pas bonne à manger ; mais les services qu'elles rendent aux hommes, en détruisant les reptiles et même les cadavres en putéfaction, les ont fait jouir presque partout d'une protection spéciale, à laquelle on prête, dans quelques pays, l'appui des lois, et que sanctionnait même la religion chez quelques peuples anciens.

» A demain, mes enfants, occupez-vous maintenant de vos devoirs de classe. »

VIII

Le lendemain, Adolphe, contemplant une bécasse empail-
lée, disait à son père : « Pourquoi donc, cher papa, dit-on
des petites filles un peu sottes qu'elles sont bêtes comme des
bécasses? »

M. DELUÇON.

Tu vas le savoir. Les bécasses, ainsi que vous le voyez,
ont le bec droit, le sillon des narines régnant jusqu'assez
près du bout, qui se renfle un peu en dessous pour dépasser
la mandibule inférieure, et sur le milieu duquel il y a un
sillon simple. Les pieds ont quatre doigts, un en arrière, qui
ne porte à terre que sur l'extrémité, et trois en devant, sans
aucune palmure. Un caractère particulier de ces oiseaux, c'est

d'avoir la tête comprimée et de gros yeux placés fortement arrière, ce qui leur donne un air stupide qu'ils ne démentent point par leurs mœurs.

THÉRÈSE.

Elles ont effectivement l'air assez niais.

M. DE LUÇON.

La bécasse, proprement dite, est longue de treize à quatorze pouces, grosse à peu près comme la perdrix; son plumage est varié en dessus de taches et de bandes grises, rousses et noires, gris en dessous, avec des lignes transverses noirâtres; son caractère distinctif consiste en quatre larges bandes transverses noires, qui se succèdent sur le derrière de la tête. Pendant l'été, elle habite de préférence sur les hautes montagnes, et descend dans nos bois au mois d'octobre; mais le plus grand nombre en part au mois de mars, ordinairement par couples, et va nicher dans les lieux les plus solitaires et les plus élevés des montagnes.

» La femelle fait son nid par terre, et le compose de feuilles et d'herbes sèches, entremêlées de petits brins de bois, le tout rassemblé sans art et amoncelé contre un tronc d'arbre ou sous une grosse racine; elle y dépose quatre à cinq œufs oblongs, un peu plus gros que ceux du pigeon commun, d'un gris roussâtre et marbrés d'ondes noirâtres. Ces œufs sont, dit-on, un mets très-friand. Pendant que la femelle couve, le mâle reste presque toujours couché près d'elle, et ne la quitte pas tant que les petits ont besoin de leurs secours. Ces animaux ne se réunissent pas en troupes; ils vont seuls ou par paires, dans les temps sombres, au moment du crépuscule ou du clair de lune, chercher dans le terreau les insectes et les vers qui font leur nourriture. Nous avons encore la bécassine, la double bécassine, la petite bécassine.

JULES.

Est-ce un gibier recherché ?

M. DE LUÇON.

Le goût en est un peu sauvage; mais les amateurs en font le plus grand cas.

» Voici maintenant les râles, qui ont le bec plus ou moins long, comprimé latéralement, à mandibule droite ou légèrement inclinée, à sa pointe, sur l'inférieure; portant, de chaque côté de son arête, un sillon dans lequel s'ouvrent les narines, couvertes, à leur origine, par une membrane. Ils ont toute la tête emplumée, quatre doigts, à ongles courts et peu pointus, dont trois en avant et un en arrière, ne portant à terre que par le bout. Leur corps est comprimé, leur tête petite, leurs ailes concaves, et leur queue courte. Nous en avons trois espèces assez commune en Europe, ce sont :

» Le râle d'eau d'Europe, de la grosseur d'une caille; il est brun, fauve, tacheté de noirâtre en dessus, cendré noirâtre en dessous, à flancs rayés, de noir et de blanc. Il est commun dans les lieux marécageux, sur nos ruisseaux et nos étangs. Il nage assez bien, et court avec vitesse sur les feuilles des plantes aquatiques. Il aime à se cacher dans les grandes herbes et les joncs, se nourrit de petites crevettes, de limaçons, d'insectes. Il niche sur le bord des eaux, au milieu des herbes. Malgré son goût de marécage, sa chair est assez estimée.

» Le râle de terre, aussi appelé le roi des cailles, parce qu'il fait les mêmes voyages qu'elles, arrive et part aux mêmes époques, et vit solitaire dans les mêmes terrains, ce qui a fait croire qu'il les conduisait.

» Il y a encore la maronette ou petit râle tacheté, connu sous le nom de girardine, de grisette.

» Pour finir l'ordre des échassiers, il faut que je vous parle de l'agami d'Amérique ou l'oiseau trompette, long de vingt-deux pouces, haut de dix-huit, à plumage noirâtre, avec des reflets d'un violet brillant sur la poitrine, et le manteau cendré de fauve vers le haut. Ces oiseaux vivent par troupes dans les forêts montagneuses des parties les plus chaudes de l'Amérique méridionale, où ils se nourrissent de fruits et de graines. Tantôt ils courent avec vitesse, tantôt ils marchent d'un air grave, ou bien en sautillant gaîment ; ils se tiennent souvent sur un seul pied, à la manière des cigognes. Le nom d'oiseau-trompette a été donné à cet agami à cause de la faculté qu'il a de faire entendre fréquemment un son assez fort et aigu, mais interne et produit comme par une sorte de ventriloquie.

» Il s'apprivoise très-facilement, et s'attache comme le

chien, à celui qui le soigne ; il obéit à la voix de son maître le suit ou le précède, lui fait des caresses, lui témoigne, après une absence, la joie qu'il éprouve en le revoyant ; il écarte, comme par jalousie, les autres animaux, particulièrement les chats et les chiens, dont il évite les atteintes en s'élevant en l'air et qu'il harcelle en retombant sur eux et les frappant à grands coups de bec. Il trouve un grand plaisir à se faire gratter la tête, et il renouvelle, même jusqu'à l'importunité, la demande d'une pareille complaisance ; il connaît, comme le chien, les amis de la maison, et s'empresse à leur faire fête ; mais il frappe à coups de bec, dans les jambes, les individus qui lui déplaisent. Il sort seul, s'éloigne sans s'égarer, et revient chez son maître. La chair des jeunes est fort succulente et a un goût assez agréable

» Restons en là pour l'ordre des échassiers. Je vous ai parlé des plus connus ; mais il y en a encore beaucoup d'autres qu'il serait trop long de citer. Passons maintenant au sixième et dernier ordre, les palmipèdes.

IX

THÉRÈSE.

Cher papa, avant de nous parler des palmipèdes, comme tu nous l'as promis hier, veuille nous dire ce que signifie ce mot : palmipède.

JULES.

Pieds à palmes, cela va tout senl.

THÉRÈSE.

Mais encore, savant que tu es, dis-moi ce que cela veut dire : pieds à palmes.

M. DE LUÇON.

» Le petit savant ne le sait pas plus que toi. Cela veut dire *Jules et Thérèse.*

que ces oiseaux ont les pieds faits pour la natation, c'est-à-dire implantés à l'arrière du corps, portés sur des tarses courts et comprimés, et terminés par des doigts palmés ; un plumage serré, lustré, imbibé d'un suc huileux, garni, près de la peau, d'un duvet épais qui les garantit contre l'eau, sur laquelle ils vivent. Ce sont aussi les seuls animaux de cette classe où le cou dépasse, et quelquefois de beaucoup, la longueur des pieds, parce qu'en nageant à la surface de l'eau, ils ont souvent à chercher dans la profondeur

» Le séjour qu'ils habitent les a soustraits, pour la plupart, à l'empire de l'homme, et même, à beaucoup d'égards, aux investigations des naturalistes.

» Nous avons les canards, si connus. Cette famille comprend les palmipèdes, qui ont le bec grand et large, garni d'une rangée de lames saillantes, minces, placées transversalement, qui paraissent avoir pour usage de laisser écouler l'eau quand l'oiseau a saisi sa proie.

THÉRÈSE.

Oh ! j'aperçois le plus bel oiseau du monde, à mon goût du moins.

M. DE LUÇON.

Oui ; ce sont les cygnes, qui ont le bec aussi large en avant qu'en arrière, plus haut que large à sa base ; les narines ouvertes au milieu de sa longueur à peu près, le cou fort allongé. Ce sont les plus grands oiseaux de ce genre.

» Ils vivent principalement de graines et de racines de plantes aquatiques ; ils nagent avec tant de facilité, qu'un homme, marchant rapidement sur le rivage, a grand'peine à les suivre, et ils volent aussi avec beaucoup de force et de légèreté sur les eaux, comme dans les airs. On les voit presque toujours en troupes. Ils sont monogames. Ils nichent à terre, au bord des eaux, et leurs petits quittent le nid, nagent et mangent seuls aussitôt après leur naissance. Leur vie paraît être plus que séculaire. Leur chair est noire et dure ; leur duvet, d'une grande finesse, sert à faire diverses fourrures. Nous en avons deux espèces en Europe. La première est celle du cygne à bec rouge ou cygne domestique, long de quatre pieds et demi environ depuis le bout du bec jusqu'à celui de la queue, sur lesquels le bec a trois pouces et demi, et la queue sept et demi. Tout son corps est d'un blanc de neige ; le bec est rouge, bordé de noir, et porte à sa base une pertubérance de même couleur.

» La femelle est un plus petite que le mâle ; les jeunes de l'année sont d'un brun cendré, et c'est à la troisième année seulement que le plumage acquiert toute sa blancheur.

» On le croit originaire principalement des contrées orientales de l'Europe ; mais il est devenu domestique dans la plupart des pays civilisés : c'est lui qui fait l'ornement de nos bassins et de nos canaux. Il vit également de poissons et de végétaux ; vole très-haut et vite, et nage avec rapidité, prenant le vent dans ses ailes, qui sont pour lui, d'ailleurs, une arme puissante dont il frappe ceux qui l'attaquent avec une force extraordinaire, et suffisante, dit-on, pour casser la jambe d'un homme. Ses œufs, gris verdâtres, sont au nombre de six ou huit, et leur ponte a lieu, dès le mois de février. C'est la mère qui les couve pendant environ six semaines, et quand elle quitte le nid pour aller prendre de la nourriture, elle les couvre de plumes et de joncs. Pendant tout le temps de l'incubation, le mâle reste constamment auprès de la femelle, toujours prêt à la défendre contre toute attaque ; il partage aussi avec elle les soins de la famille naissante. Tous deux promènent leurs petits jusqu'au mois de novembre ; ils les cachent et les réchauffent sous leurs ailes ; et lorsque la petite troupe se met à la nage, la mère se tient en tête et le mâle à la queue. « La nature, dit Buffon, n'a répandu sur aucune espèce autant de ces grâces nobles et douces qui nous rappellent l'idée de ses plus charmants ouvrages : coupe de corps élégante, formes arrondies, gracieux contours, blancheur éclatante et pure, mouvements flexibles et ressentis, attitudes tantôt animées, tantôt laissées dans un bel abandon. A sa noble aisance, à la facilité, la liberté de ses mouvements sur l'eau, on doit le reconnaître non-seulement comme le premier des navigateurs ailés, mais encore comme le plus beau modèle que la nature nous ait offert pour l'art de la navigation. Son cou élevé et sa poitrine arrondie semblent, en effet, figurer la proue d'un navire fendant l'eau ; sa queue est un vrai gouvernail, ses pieds sont de larges rames, et ses grandes ailes, demi-ouvertes au vent et doucement enflées, sont les voiles qui poussent le vaisseau vivant, navire et pilote à la fois. »

» Il y a aussi le cygne à bec noir ou cygne sauvage, nommé aussi le cygne chanteur. Cette espèce habite les régions septentrionales des deux continents. Chassé par le froid, il passe en Ecosse, en Hollande et en France. C'est à lui que les anciens ont attribué une voix si mélodieuse, bien qu'il ne fasse jamais entendre, comme le précédent, que des sons aigus et discordants. « Les anciens, dit Buffon, ne s'étaient pas contentés de faire du cygne un chantre merveilleux, il chantait encore au moment da sa destruction, et préludait par des sons harmonieux à son dernier soupir. C'était, disaient-ils, près d'expirer et faisant à la vie un adieu triste et tendre, que le cygne rendait ses accents si doux et si touchants. Nulle fable, chez les anciens, n'a été plus célébrée, plus répétée, plus accréditée ; elle s'était emparée de l'imagination vive des Grecs. Il faut bien leur pardonner cette fable ; elle était, comme bien d'autres, aimable et touchante. »

THÉRÈSE.

Pourquoi tromper ainsi ceux qui lisent toutes ces fables ? Comment croire alors tous ces poètes lorsqu'ils disent quelquefois la vérité ?

M. DE LUÇON.

Toute la mythologie n'est-elle pas remplie de fictions ? et cependant il y a souvent dans tous les contes enchanteurs une base réelle ; peut-être, au temps d'Homère, existait-il des cygnes à la voix mélodieuse ou des oiseaux qui auront été

confondus avec les cygnes. Le paon , par exemple , dont le
cri est si désagréable , n'avait-il pas , lui aussi , d'après la
fable et tous les poëtes de l'antiquité ; une belle voix, qui lui
a été ôtée par Junon , pour le punir de sa désobéissance ou
de son indiscrétion ?

» Mais quittons les dieux de la fable , les cygnes harmonieux , pour descendre à cette espèce de cygne dégénéré , ni
beau ni musicien , mais qui ne manque pas d'intelligence ,
bien qu'on dise quelquefois : Bête comme une oie. Les oies,
donc, puisqu'il faut les appeler par leur nom, telles que vous
les voyez dans ces gravures, ont le bec médiocre, court, plus
étroit en avant qu'en arrière, et plus haut que large à sa base ;
les jambes, plus élevées que chez les canards , et plus rapprochées du milieu de leur corps, leur facilitent la marche.
Ces oiseaux vivent , en général ; dans les prairies et dans les
marais, où ils mangent des plantes aquatiques et des graines ; ils sont poligames ; ils nichent à terre ; ils nagent peu
et ne plongent pas ; ils vivent en troupes et prennent la meilleure disposition pour fendre l'air ; ils se placent sur deux
lignes formant un angle, ou sur une seule ligne quand la
bande est peu nombreuse. Celui qui est au premier rang ou
à la pointe de l'angle va prendre la première place lorsqu'il
est fatigué, et tous occupent ainsi la première place tour à
tour. Leur vue est bonne, leur ouïe très-fine, leur vigilance
à toute épreuve ; pendant qu'ils mangent ou qu'ils dorment,
il y en a toujours un qui veille à la sûreté de la troupe , et
donne l'alarme en cas de danger.

ULES.

'après cela, je ne dirai plus à une personne, ni d'une personne, qu'elle est bête comme une oie : je leur trouve plus
de prudence que bien des gens peuvent en avoir... Oui, mais
les canards que voici, il me semble que ceux-là peuvent bien
passer pour les plus...

M. DE LUÇON.

Ne te presse pas de leur donner quelques vilains noms ; ils
ne sont pas si bêtes qu'ils en ont l'air. Au contraire de l'oie,
les canards ont le bec moins haut que large à la base, et aussi
large à son extrémité que vers la tête ; les narines plus rapprochées du dos du bec et de sa base. Leurs jambes plus
courtes et plus en arrière, leur rendent la marche moins
facile qu'aux oies ; ils ont le cou moins long. Ces oiseaux
peuplent dans toutes les parties du monde, sur les rivages de
la mer et des rivières ; ils voguent sur les flots avec aisance,
fendent les ondes et plongent pour saisir leur proie. Ils ne
cessent d'habiter la surface de l'eau que dans le temps où le
soin de leurs petits les retient ; lorsqu'ils sont éclos, ils se
hâtent de les conduire à leur séjour de prédilection. Cependant, tout au contraire des oies, ils se retirent le soir dans
les champs, et ne reviennent à l'eau que le matin. Ils volent,
pour la plupart aussi aisément qu'ils nagent. Tous ou presque
tous se retirent, à l'époque de leur ponte, dans les régions
les plus boréales du globe. Ils y restent pendant toute la sai-

son des longs jours de ces climats, et ne les quittent qu'à l'automne pour passer dans les pays méridionaux ; mais, dès avant l'équinoxe du printemps, ils suivent la marche du soleil pour retourner dans les froides contrées où ils ont pris naissance.

Ici va finir, mes chers enfants, l'histoire des palmipèdes et des oiseaux en général. Je crois vous avoir donné une idée de chaque ordre. Vous pouvez, avec ces indices, reconnaître tous les oiseaux que vous examinerez avec attention, et les classer convenablement.

JULES.

Mille remercîments à notre bon père pour toute la peine qu'il prend à nous instruire.

THÉRÈSE.

Je doute si peu de la bonté de papa, que je m'attends encore à une surprise de sa part. Devine, Adolphe, ce que j'ai dans la pensée?

JULES.

Ce que tu penses... ce que tu penses... Je ne puis deviner, petite sœur.

THÉRÈSE.

Eh bien! je suis sûre que papa, satisfait de l'attention avec laquelle nous avons écouté la description des oiseaux, continuera son cours d'histoire naturelle, et nous fera connaî-

tre les insectes, les reptiles, les quadrupèdes et les mammifères.

JULES.

Mais, Thérèse, où as-tu donc pris tous ces noms-là? En
vérité, je m'incline devant ta science.

THÉRÈSE.

Ne t'effraie pas, petit frère. Dernièrement je me trouvais
dans le cabinet de papa. Tu sais combien je suis curieuse? Je
feuilletais un livre, puis un autre, puis un autre, lorsque je
tombai sur ces mots que tu trouves si étranges. Je vis qu'ils
appartenaient à l'histoire naturelle, et je pensai bien que
papa ne s'arrêtait pas à la description des oiseaux. N'est-ce
pas, mon père, que j'ai deviné tes bonnes intentions pour
nous?

M. DE LUÇON.

Oui, mes enfants, nous continuerons cette intéressante
étude; mais aux vacances seulement. N'ayant plus alors à
vous occuper de vos devoirs d'école, vous aurez beaucoup
plus de temps à disposer. Du reste, je suis si content de vous,
mes bons petits amis, qu'il n'est rien que je ne fasse pour
vous être agréable.

JULES ET THÉRÈSE.

Vive notre bon père!

POÈSIES INSTRUCTIVES

LES PEINES

ET

LES PLAISIRS DE L'ÉTUDE

DIALOGUE ENTRE DEUX AMIES.

—

VALÉRIE.

Oui, malgré les grands mots dont la raison s'appuie,
Je suis lasse d'écrire, et l'étude m'ennuie.
A quoi bon, en effet, nos soucis, nos labeurs,
Pour pouvoir dévorer tout çe fatras d'auteurs.
Ces noms, tout embrouillés dont on charge l'histo're,
Et qui doivent, dit-on, orner notre mémoire;
Ce livre de Lhomond, fait pour les esprits creux,

Jules et Thérése.

6

Que je n'entends pas plus que des contes hébreux ;
Les dates et les faits de la Chronologie,
Les traits édifiants de la Mythologie ;
Des dieux que, de nos jours, on nommerait brigands,
Et qu'au bagne on mettrait, sans autres compliments.
Et les lois du calcul... Je serais éternelle,
Si je voulais finir ma longue kirielle.
Je t'en fais grâce aussi, mais, pour te divertir,
D'un conte du vieux temps je vais t'entretenir.
Ecoute bien : Un jour, cherchant quelques images,
D'un livre vermoulu je parcourais les pages ;
Sans malice, ou hasard, je m'arrête à ces mots,
Ecrits en bon français, caractère assez gros :
« Une fille élevée à l'ombre de sa mère,
» Ignorait autrefois les lois de la grammaire,
» Et tout à son devoir, sans esprit, ni talents,
» Savait à peine lire à l'âge de quinze ans. »
Mais tu cherches, je crois ta tête ou ta logique.

OCTAVIE.

Non, car ton argument me paraît sans réplique ;
La cause est soutenue avec tant de vigueur,
Que tu mériterais le bonnet de docteur.
Il me semble pourtaut qu'un esprit aussi sage
Aurait dû te porter à terminer la page ;
Peut-être aurais-tu vu que, dans cet heureux temps,

Les filles repoussaient nos vains amusements,

Et qu'en humbles travaux, leurs heures enchaînées

Bien mieux que parmi nous remplissaient leurs journées.

Dans le réduit obscur d'un antique manoir,

Elles se piquaient peu d'étaler leur savoir ;

Alors l'œil maternel, sans être trop sévère,

Leur apprenait bien moins à parler qu'à se taire.

Mais lorsqu'au champ d'honneur leurs frères combattaient,

De timides accents vers le ciel s'élevaient ;

Elles priaient le Dieu qui dispense la gloire,

Et dans leurs faibles mains enchaînaient la victoire.

Puis, le cœur plein d'espoir, d'un plaisir tout nouveau

Reprenaient humblement l'aiguille ou le fuseau.

Reçois mon compliment, j'admire ton courage ;

Tu veux donc du vieux temps nous retracer l'image.

Quel siècle choisis-tu, c'est le plus important.

Le douzième, je crois, est assez ignorant,

Il faut t'arrêter là. Je te vois à l'ouvrage

Du matin jusqu'au soir ; puis au soin du ménage

Donner tous les instants consacrés au plaisir.

Pour toi, bien travailler s'appellera jouir.

Car je ne pense pas qu'une indigne paresse

Ait formé dans ton cœur le désir qui le presse.

Non, non, un tel soupçon serait injurieux.

C'est pour ressusciter nos illustres aïeux,

Produire un grand effet, qui dans le monde étonne,

Enfin, représenter l'ignorance en personne.

Adieu donc les plaisirs, guerre à tous les beaux arts,
Indignes désormais de fixer tes regards ;
Ils seront remplacés par l'ancienne musique ;
Quelque vieille chanson, que sur un air antique
Tu pourras lamenter pour charmer tes travaux,
Embellir ton bonheur ou dissiper tes maux,
Sans craindre que jamais personne ait fantaisie
De troubler de tes chants la douce mélodie,
Ni qu'un esprit jaloux, blessé de tes succès,
Puisse avoir contre lui le plus léger succès ;
Mais c'en est bien assez, trève de raillerie.
De quel air, réponds-moi, tiendrais-tu la partie,
Si l'on t'introduisait chez des gens de bon ton,
Saurais-tu seulement dire oui, dire non ?
Pourrais-tu hasarder, sans leur prêter à rire...

VALÉRIE.

Et par quelle raison ne saurais-je rien dire ?
Avant que de Lhomond je connusse les lois,
Je parlais tout le jour comme quatre à la fois.

OCTAVIE.

Ah ! tu n'as rien perdu, le travail, ni l'étude,
Ne t'ont pas du babil enlevé l'habitude.
Même, je ne crois pas que le pauvre Lhomond
Puisse en être accusé par aucune raison.
Mais à dire à propos...

VALÉRIE.

Je dis ce que je pense,
t n'ai point fait le vœu d'observer le silence.

OCTAVIE.

Et les filles sur qui tu veux te modeler?

VALÉRIE.

Les filles se sont plu de tout temps à parler.

OCTAVIE.

Elles savaient jadis obéir et se taire.

VALÉRIE.

Eh bien ! je le saurais s'il était nécessaire.

OCTAVIE.

Bon ! nous voilà d'accord. Il me tarde à présent
De te voir quelque jour, d'un air bien ignorant,
Du haut de ton esprit appuyé sur ton livre,
Régenter les savants et nous apprendre à vivre.
Il me vient cependant pour toi quelques soucis.
Ecoute ; en peu de mots, ils seront éclaircis :
Je suppose qu'un jour, d'une humeur radoucie,
De voyager au loin tu prennes fantaisie,
Et qu'en chemin de fer, dans ta nouvelle ardeur,
Tu commettes ton sort aux lois de la vapeur.
Tout va bien : ton wagon, semblable à la tempête,

Dans un noir tourbillon court, sans que rien ne l'arrête...

Ciel ? qu'entends-je ? quels cris, quels sourds gémissements !

Je ne vois que débris de morts et de mourants !...

Je te cherche... oh ! bonheur !... Te voilà tout entière...

Pas un seul de tes os ne gît dans la poussière.

Mais nouvelle douleur !... Comment y résister ?

Dans un chétif endroit tu devras t'arrêter,

Seule, sans nul appui, pour comble de misère,

Dans la nécessité de te tirer d'affaire,

Il te faut à quelqu'un demander du secours,

Ou te voir condamnée à rester là toujours.

Que feras-tu ? dis-moi ? Le maître du village

Pourra bien se charger d'embellir une page

De tous tes maux présents et de ceux à venir ;

Mais si les habitants se plaisent à chérir,

Comme toi, les douceurs d'une heureuse ignorance,

Même d'un magister la modeste science

Dans ce lieu dépourvu ne saurait exister.

VALÉRIE.

Voilà bien des ennuis que je peux éviter ;

Je resterai chez moi ; de hasarder ma vie

Jamais je ne prendrai la triste fantaisie.

OCTAVIE.

Un malheur, un plaisir peut le faire changer.

VALÉRIE.

Non, c'en est fait, d'ici je ne veux pas bouger.

OCTAVIE.

S'il s'agissait pourtant d'une méchante affaire,
Secourir une amie, ou retrouver ta mère,
On te verrait partir plus vite que l'éclair,
Sans te rappeler rien, même le magister...
Tu ne me réponds pas ?...

VALÉRIE.

Mais... quoi... Je sais écrire.

OCTAVIE.

Et tu voulais tantôt savoir à peine lire.

VALÉRIE.

Je le disais... c'est vrai.

OCTAVIE.

Tu ne le dis donc plus.
Je le vois, tes efforts sont ici superflus.
Allons, il faut céder, c'est un mal nécessaire.

VALÉRIE.

Eh bien, oui, j'y consens, j'apprendrai la grammaire.

OCTAVIE.

Une concession ; n'iras-tu pas plus loin ?

VALÉRIE

En voilà déjà trop. Et dis-moi, quel besoin

Ai-je d'étudier les langues étrangères ?

L'anglais ou l'italien me sont-ils nécessaires ?

Et pour dire, à mon gré, ce que j'ai sur le cœur,

Les mots en bon français ont-ils moins de valeur ?

Et pourquoi m'escrimer à retenir l'histoire

De tous ces conquérants dont on vante la gloire ?

Nous n'avons jamais eu le plus léger rapport ;

J'aime la vie assez, eux couraient à la mort.

Ils ont, de leurs exploits, fatigué ciel et terre,

Et moi je n'entends rien au métier de la guerre.

Leur préfèreras-tu ces sages si fameux

Qui se privaient de tout pour vivre plus heureux ?

Celui qui d'un tonneau fit par goût sa demeure,

Sans doute, fatigué d'y rester à toute heure,

Sa lanterne à la main, il s'en fut, en plein jour,

Chercher quelque mortel digne de son amour.

On peut rire du moius ; mais la Géographie...

Quel bonheur à courir trouves-tu, je te prie,

Depuis le Jawahir jusques aux monts Balkan,

Des rivages du Nil, au fleuve Saint-Laurent ?

Et que me font à moi, les peuples d'Amérique ?

Qu'ils aient des souverains, ou bien qu'en république,

Du premier intrigant ils subissent les lois ?

Faut-il m'intéresser aussi pour les Chinois ?

Les Tartares, les Turcs, dont les mœurs impolies,

Tiennent dans un sérail les femmes asservies ?

Mais ce n'est pas assez de parcourir les mers,

On veut encore nous faire voyager dans les airs,
Dire les lois du ciel, sans en omettre aucune,
Et suivre d'ici-bas le chemin de la lune.

OCTAVIE.

A merveille, on ne peut, à mon sens, mieux parler,
Ni la mauvaise humeur plus gaîment s'exhaler.
Mais envers les beaux arts, tu seras moins hostile,
La peinture n'a rien pour échauffer ta bile ?

VALÉRIE.

Allons donc ; sur la toile, à quoi bon resserer
Ce qu'en grand, tous les jours, nous pouvons admirer.

OCTAVIE.

La musique...

VALÉRIE.

Ah ! des sons, des notes en échelles,
Un bruit... pour ébranler les meilleures cervelles.

OCTAVIE.

Quant à la Poésie, il faut en convenir...
Elle a des droits sacrés...

VALÉRIE

Tu m'en fait souvenir :
Oui, je dois quelques jours, dans un cours littéraire,
Tenir des beaux esprits une cour plénière,

Encenser celui-ci pour son bel idéal,

Cet autre que ses vers mènent à l'hôpital,

Bien mieux, à chaque mot, une froide analyse

En exhume, à grands frais, l'esprit ou la sottise.

Les noms, pour ce travail, certes, ne manquent pas ;

La Métaphore hardie et la vive Antithèse,

L'Hyperbole les suit, puis, c'est la Catachrèse ;

Tous termes ambigus, chez les Grecs dénichés,

Pour faire aux bons chrétiens expier leurs péchés.

Mais quelle est cette femme, à l'œil creux, au teint blême,

Une noire vapeur forme son diadème,

De sa charpente osseuse, une pâle clarté

S'échappe, en découvrant sa sombre cavité ?

Je ne me trompe pas ; oui, c'est bien la physique :

Il n'est aucun secret quelle ne nous explique ;

Elle dira pourquoi l'été nous est brûlant,

Et pourquoi, dans l'hiver, c'est le froid qui nous prend ;

Puis comment on éprouve une douleur cruelle,

Lorsqu'on approche trop ses doigts de la chandelle ;

Que ne sait-elle point ?... Et regarde à ses pieds,

Un attirail complet d'alambics, de trépieds...

La Chimie... Ah ! passons... C'est la Géologie.

Elle est jeune, dit-on, quoique fort peu jolie ;

Ses membres sont crochus, son visage souillé :

C'est qu'à gratter la terre, elle a tant travaillé !

Sur ses pas gravement vient la Philosophie ;

A disputer toujours elle passa sa vie,

Et depuis trois mille ans, par un malheureux sort,
Avec elle jamais qui peut être d'accord ?

OCTAVIE.

Halte là ! je ne puis supporter, en conscience,
Ton manque de respect à toute la science.

VALÉRIE.

Rien qu'un mot ; je finis : En est-on plus heureux ?
Celui qui la possède est-il plus vertueux ?

OCTAVIE.

Sans doute si la Foi vient épurer son zèle,
A la Religion, s'il est resté fidèle,
Il puise dans son sein de nouvelles clartés,
S'élève vers l'auteur de toutes vérités :
Là, d'un vaste océan de vie et de lumière,
Jaillissent des rayons jusqu'à notre sphère ;
La Science, à genoux, les fait luire à nos yeux,
En couronne son front et monte vers les cieux.
Et pourrait-on nier combien nous sont utiles
Les arts et les métiers établis dans nos villes,
Ces rapides esquifs qui sillonnent les mers,
Cette industrie enfin qui, de tout l'univers,
Ne fera bientôt plus qu'une seule famille...
Mais je dois m'arrêter... Saurais-je, pauvre fille,
Etre assez éloquente et parler assez haut,
Pour d'un pareil sujet me tirer comme il faut ?

VALÉRIE.

Je t'accorde ce point : j'admire la science
Dans ceux que Dieu pourvut de son intelligence,
Qui, pour la rendre utile, employèrent leur soin ;
Mais, franchement, la femme en a-t-elle besoin ?

OCTAVIE.

Non ; même à ses devoirs elle serait contraire ;
Pourtant l'instruction nous devient nécessaire.
La culture des arts lui prête ses couleurs,
Et l'aiguille en courant, leur jette quelques fleurs.
Sur les pas des savants si parfois on butine,
C'est tout discrètement, sans en avoir la mine :
Le savoir craint, chez nous, les regards curieux ;
Nous devons le cacher, même à nos propres yeux.
Faut-il que je découvre à ton esprit rebelle
Quelques traits détachés de la femme modèle ?
Son cœur plein d'une vraie et douce piété,
Fait trouver le bonheur dans sa société ;
Son époux la chérit ; elle lui est soumise :
L'aimer, le rendre heureux, c'est sa seule devise.
Ces jardins, ces bosquets, elle les dessina :
Ce salon gracieux, elle-même l'orna.
Ici, c'est à l'aiguille un ravissant ouvrage ;
Là, de son fils absent, elle peignit l'image.
Par moment, sous ses doigts, par un art merveilleux,

S'échappent des accords en flots harmonieux ;
D'autres fois, transformée en ange tutélaire,
Elle va secourir le pauvre en sa chaumière ;
Et connaissant l'emploi des meilleurs végétaux,
Elle sait appliquer le remède à ses maux.
Mais viens la contempler sur cette vaste scène
Maîtresse de maison, elle commande en reine.
Comme elle a tout prévu ! comme des soins constants,
De ses hôtes ravis, remplissent les instants !
Avec l'un, son regard mesure la science ;
Pour l'autre, elle descend jusques à l'ignorance.
Tout se meut, tout agit, par des charmes secrets.
Cependant, l'œil ouvert sur tous ses intérêts,
Des détails du ménage elle sent l'importance,
Et l'ordre et la mesure ont réglé sa dépense.
On l'admire, et son cœur refusant cet encens,
Ne voit que son époux, n'aime que ses enfants.
Au milieu de ses fils, vois cette heureuse mère ;
Elle leur consacre ses soins, sa vie entière,
Développe chez eux, dès leurs plus jeunes ans,
L'amour de la vertu, le germe des talents ;
Du génie, en ses bras, fait jaillir l'étincelle,
Et dote son pays d'une gloire nouvelle.

OCTAVIE.

Cette femme me plaît, je ne peux le nier,
Mais pour être comme elle il faut étudier !

VALÉRIE

Je conviens avec toi que notre esprit volage,
Avide de plaisirs, redoute un peu l'ouvrage.
L'étude a ses ennuis, et quelquefois des pleurs
Coulent amèrement sur nos premiers labeurs !
Mais aussi, quelle joie, au bout de la journée,
De voir, par des succès, sa peine couronnée,
D'avoir pu rendre au ciel compte de ses moments,
De penser au plaisir qu'auront nos bons parents !
Ils souffrent tant de maux pour former notre enfance ;
Ils se dépouillent même... Ah ! la reconnaissance
Enflamme mon ardeur ; je comblerai leurs vœux.
C'est leur fille ! c'est moi, qui vais les rendre heureux !
Mais j'aperçois ici les apprêts d'une fête :
Ah ! peut-être un laurier va planer sur ma tête !
O ma mère ! une larme à ton œil a brillé !
Pourrai-je le saisir... Pour toi j'ai travaillé.
Ma peine, mes efforts ont été pour te plaire ;
O mon Dieu ! bénis-les en faveur de ma mère !

VALÉRIE.

Qu'as-tu dis ? Le bonheur de nos parents chéris
Dépend de nos travaux ? Nous pouvons, à ce prix,
Leur prouver notre amour, notre reconnaissance ?
Je voudrais tant des miens embellir l'existence !..
Eh bien ! cet heureux jour me verra commencer.

Oui, je me convertis, et, sans plus balancer,
De ce laurier, dis-tu, qui plane sur ta tête,
e vais te disputer la brillante conquête.
C'est à nous deux, allons, tiens ferme ; car je veux
Enlever à présent tous les prix, si je peux !

ÉPITRE A UN JEUNE SEIGNEUR PRÊT A ENTRER DANS LE MONDE.

Jeune enfant que toujours j'ai porté dans mon cœur,
Toi que j'ai cultivé comme une tendre fleur,
Maintenant que tes sens, développés par l'âge,
Me font des passions redouter le ravage,
Que tu vas fréquenter ce monde corrompu,
Où l'or, le premier bien, tient de la vertu,
Qu'engagé loin de moi dans les piéges du vice,
Tu marcheras sans frein au bord du précipice,
Puissé-je te tracer, sur les pas de l'honneur,
Le chemin qui conduit au solide bonheur.

Dans le sein des grandeurs élevé dès l'enfance,
Ne t'enorgueillis pas de ta noble naissance.

Apprends que .a noblesse est dans les sentiments,

L'antiquité du nom décore en vain les grands.

Le véritable honneur n'emprunte pas son lustre

Du hasard d'être né d'une famille illustre.

La naissance n'est rien, tout l'homme est dans le cœur ;

Ses nobles actions sont seules sa grandeur.

Dois-je honorer un fat noyé dans sa mollesse,

Qui, me vantant l'éclat de sa vaine noblesse.

A l'ombre des lauriers qu'ont cueillis ses aïeux,

S'occupe de festins, de danses et de jeux ;

Et richement paré, de lui-même idolâtre.

Le matin dans un char et le soir au théatre,

‑d dans l'oisiveté ses inutiles jours,

.ongé, déshonoré, dans de lâches amours.

Redoute des plaisirs la dangereuse ivresse,

Jeune homme, crains surtout ton ardente jeunesse ;

Crains que ton cœur, en proie à ses désirs naissants,

Ne goûte avec transport la volupté des sens,

Et qu'un jour, amolli, vaincu par les délices,

Tu ne sois sous la pourpre esclave de tes vices.

D'un grand voluptueux connais-tu le malheur ?

Le plaisir de son âme énerve la vigueur,

Dévore ses vertus, étouffe son génie,

Nourrit ses passions, ce tourment de sa vie,

Empoisonne ses sens, anéantit son corps,

Et plonge dans son cœur le poignard du remords.

« Tout me pèse , dit-il , dans ma grandeur suprême :
» Je tourmente mes jours à m'éviter moi-même.
» Au sein des voluptés je cherche le bonheur ,
» Mais le bonheur me fuit. Dans l'éclat d'une fête ,
» L'ennui fane les fleurs qui couronnent ma tête,
» Et mes sens émoussés goûtent peu les plaisirs.
» L'amour rallume en vain le feu de mes désirs.
» L'amour, ce dieu cruel, me trompe par ses charmes,
» Et son bandeau toujours est baigné de me larmes.
» Ah ! lorsque sous le dais j'éblouis l'univers,
» Mes tristes passions tiennent mon âme aux fers.
» Partout je traîne un cœur que le chagrin consume ,
» Un cœur lassé de tout , dévoré d'amertume ;
» Un cœur où le remords enfonce mille traits ,
» Qui désire sans cesse   et ne jouit jamais. »

Tu frémis , je le vois , à ce triste langage ;
O mon ami, fuis donc les dangers de ton âge ;
Arrache ta jeunesse aux charmes du repos ,
Entre dans la carrière où marchent les héros ;
Va cueillir dans les champs les palmes de la gloire;
Va t'immortaliser aux champs de la victoire ,
Et consacrer enfin , par de nobles exploits,
Ton bras à ton pays, et ton cœur à tes rois.

Ainsi dans les combats ont illustré leur vie ,
Ces guerriers qu'embrasait l'honneur de la patrie ;

Ces braves Châtillons, ces généreux Bayards,
Qui servaient leur pays au milieu des hasards,
Ces dignes chevaliers, dont la haute vaillance
Eut pour objet la gloire, et non la récompense.

Ah! si, ressuscitant leur antique valeur,
Tu dois te signaler dans le cnamp de l'honneur,
Etouffe les transports de cet affreux courage
Qui nous rend assassins pour venger un outrage.
Va, le meurtre ne peut honorer la valeur.
La bravoure n'est point une aveugle fureur.
Un héros n'a jamais fait frémir la nature :
Il meurt pour sa patrie, et pardonne une injure.
Qu'ont de commun l'honneur et l'art de s'égorger ?
La gloire est de bien faire et non de se venger.
Loin qu'aux yeux du public son honorable vie
Par un noble pardon soit jamais avilie ;
Loin que de ses exploits l'éclat soit effacé
Par un mot outrageant dont il n'est point blessé,
Cet effort généreux vient de sa grandeur d'âme :
C'est la vertu d'un cœur que l'héroïsme enflamme ;
Et son ressentiment qu'il immole à l'Etat,
Vaut bien l'honneur acquis par un assassinat.
Mais ces hommes cruels, en proie à la colère,
Qui couvrent leurs excès du faux nom de l'honneur,
Ont le bras du héros, mais n'en ont pas le cœur.
Est-ce à toi d'embrasser leur barbare maxime,

De marcher sur leurs pas dans la route du crime ?
A toi, digne héritier du nom de tes aïeux,
Dont tu portes les traits sur ton front vertueux.

Si de la probité le sacré caractère
Ne te distingue encore d'avec l'homme vulgaire,
Si la vertu ne fait ton plus bel ornement,
Qu'est-ce que ta grandeur ? Une injuste puissance,
Le droit de faire mal au sein de l'opulence,
De dévorer le pauvre avec impunité,
Et d'être le fardeau de la société.

Je suis loin de penser qu'avide de richesses
Tu démentes ton sang par d'indignes bassesses ;
Que le seul intérêt pèse tes actions,
Que tu sois embrasé du feu des passions,
Et que dans ses erreurs, ta fougueuse jeunesse,
Refuse d'écouter la voix de la sagesse.
Mais sois encore grand au faîte des honneurs ;
Écarte loin de toi la foule des flatteurs.
Du pauvre qui languit dans une humble chaumière,
Par tes soins bienfaisants soulage la misère.
Citoyen vertueux, couronné par les arts,
Philosophe à la cour, héros au Champ-de-Mars,
Donnant à l'univers un éclatant exemple,
Adore chaque jour l'Éternel dans son temple.

Cet hommage qu'on rend à l'Être créateur,
Ne saurait avilir la suprême grandeur.
Quoi! le riche peut-il au sein de l'abondance,
Refuser le tribut de sa reconnaissance ?
Environné des biens qu'il tient de sa bonté,
Peut-il oublier Dieu dans la prospérité ?
Va, la religion avec des traits de flamme,
Grave l'amour du bien dans le fond de notre âme.
Ce digne sentiment fait l'éloge du cœur,
Et peut seul procurer le solide bonheur.

SONNET DE DESBARREAUX.

Grand Dieu! tes jugements sont remplis d'équité :
Toujours tu prends plaisir à nous être propice ;
Mais j'ai tant fait de mal, que jamais ta bonté
Ne peut me pardonner sans blesser ta justice.

Oui, mon Dieu, la grandeur de mon impiété
Ne laisse à ton pouvoir que le choix du supplice :
Ton intérêt s'oppose à ma félicité,
Et ta clémence même attend que je périsse.

Contente ton désir, puisqu'il t'est glorieux :
Offense-toi des pleurs qui coulent de mes yeux,
Tonne, frappe, il est temps ; rends-moi guerre pour guerre.

J'adore en périssant la raison qui t'aigrit.
Mais dessus quel endroit tombera ton tonnerre
Qui ne soit tout couvert du sang de Jésus-Christ.

LIMOGES. — IMPRIMERIE DE CHARLES BARBOU.